L'Amour en otage

Jocelyne Dorian

L'Amour en otage

Publibook

Retrouvez notre catalogue sur le site des Éditions Publibook :

http://www.publibook.com

Éditions Publibook
14, rue des Volontaires
75015 PARIS – France
Tél. : +33 (0)1 53 69 65 55

IDDN.FR.010.0107170.000.R.P.2006.035.40000

Cet ouvrage a fait l'objet d'une première publication aux Éditions Publibook en 2007

A Violette et Roger, mes parents chéris
qui se sont aimés pour la vie...
jusqu'au dernier soupir !

Prologue

Comme un coucher d'amour à l'horizon de l'âme,
S'allume tour à tour, danse dans une flamme
Où mille cœurs blessés volent en étincelles
Et retombent en pensées, en serments éternels.

L'amour est un soleil qui embrase les cœurs,
Il chante à nos oreilles la chanson du bonheur,
L'amour est un soleil qui éclaire nos vies,
Un enfant qui s'éveille au sein d'un paradis.

Ses rayons éblouissent de sa vive lumière
Comme un feu d'artifice qui inspire nos prières,
Qu'y a-t-il d'autre au monde que ces instants magiques ?
Quand sur les mêmes ondes l'accord est harmonique.

Rien n'est plus merveilleux qu'un sentiment d'amour
Qui se lit dans les yeux en « je t'aime » en « toujours »,
L'amour est un soleil qui explose, irradie,
Energie démentielle, mouvement de l'esprit.

Comme un coucher d'amour à l'horizon de l'âme,
Il y aura toujours des hommes et des femmes
Et ce miracle fait d'informations bizarres
Qui transcendent les choses et les êtres au hasard...

Chapitre premier

Alex sort de chez son cardiologue. Des problèmes de cœur, il en a, au sens propre et figuré. Ne parlons pas de son infarctus mais avant, bien avant que ses artères ne se bouchent et qu'il ne débouche sur une voie désaffectée, obligé de ralentir son train de vie à grande vitesse, de renverser la vapeur pour ne pas dire arrêter ses abus. Avant de s'engager sur une voie de garage, la rage au cœur, la peur au ventre et l'angoisse du vide affectif.

Il a quitté les rails, il est entré dans le long tunnel, n'a pas vu l'intense lumière blanche mais il a eu la frousse ! Plutôt une sorte de frustration de devoir peut-être, sauter du train en marche, sans pouvoir accomplir sa tâche jusqu'au terminus.

Il se retrouve à lutter contre la fatalité, au point mort, la mort aux trousses. Dans une bulle, il voit de sa pipe s'échapper des volutes noires comme sorties d'une cheminée de locomotive sifflant de détresse, la sonnette d'alarme tirée.

Il sort du tunnel après deux minutes et demi d'absence, proche du néant. Une éternité ! La machine est repartie mais pour combien de temps… ?

Avant son coup de grisou, il fumait, certes mais fulminait aussi pas mal. La bonne chair et la bière, allons-y, il faut bien se remonter le moral !

Alex est un grand dépressif. Il noie sa mélancolie dans l'action. Il mène sa vie tambour battant. C'est lui-même un battant, offensif, agressif, intransigeant mais si fragile et vulnérable à la fois. Son existence s'est écoulée à un rythme soutenu, contenu par la discipline et le devoir.

Gendarmerie oblige ! Sur les traces de son père qu'il n'a pas connu. « *Père manquant, fils raté* », c'est sa litanie intérieure, ce qu'il se répète sans cesse à la veille de ses 55 ans. Au creux de la vague, dans l'œil du cyclone « Andropause » qui le titille, réactivant sa déprime chronique.

Il pousse parfois l'humilité et la modestie jusqu'à se déprécier lui-même, cultivant inconsciemment un machisme héréditaire contre lequel il essaie de lutter. Sa manie de se dévaloriser contrecarre son orgueil démesuré et son égocentrisme pathologique.

C'est sans doute ces paradoxes qui le rendent tour à tour exagérément défaitiste ou optimiste à l'extrême. Complexe alchimie qui fait de lui un être touchant de sensibilité, ce qui n'altère pas sa lucidité légendaire. Un personnage haut en couleur, au charisme indéniable.

Toute sa vie, son imagination créatrice s'est vue contrariée.

Soldat du droit et de la loi, il ne peut aller au bout de ses rêves, prisonnier du carcan administratif. Une vie où l'ambition remplace l'inventif, sans surprise, sans réelles aventures qui ne soient gérées ou structurées au niveau hiérarchique. Pas de fulgurantes improvisations au programme, sinon des passions freinées par la raison, la carrière et la réputation. Au fond, c'est un artiste qui s'ignore ou presque. Il regrette de ne pouvoir donner libre cours à son imagination débordante.

Homme de lettres, un peu philosophe, tantôt cynique et révolté, tantôt sage et résigné, c'est un tendre vindicatif.

Son épouse a atteint, elle aussi, l'âge du retour sur soi-même, l'âge des remises en question. Une femme de gendarme, officier supérieur, se doit de soutenir son époux dans ses nobles missions, de se montrer digne de la fonction, d'être toujours à son écoute et à sa dévotion, ce qu'elle fit toute son existence sans rechigner. Mais Madame entre à présent dans la pénible phase des vieillissantes aigries. « Ménopause » toi, là… ! En saute d'humeur, en nerfs à vif, en crises de larmes et en bouffées de chaleur.

Pas drôle de vieillir ! Leur couple s'essouffle. De querelles en noms d'oiseaux, les insultent volent, la vaisselle casse et l'amour trépasse ! Ils en arrivent à se détruire. La haine vient juste après.

Leur duo en solitaire ressemble à une retraite sans flambeaux, tout en dissonance, en contretemps. De croches en anicroches sans pause ni soupir. Où est le chant harmonieux de leur amour d'antan ? Une symphonie qui s'est achevé depuis des lustres, emportée par la routine implacable qui transforme les sentiments en habitudes.

Avant son accident cardiaque, Alex a fait une rencontre, par roman interposé, avec une jeune femme de 53 ans dont il tomba éperdument amoureux. Un amour platonique, virtuel, mais quand il la vit « en vrai », elle était tout à fait comme il l'imaginait. Belle !

Un sourire ravageur sur les dents de la chance. Il était déjà mordu, ç'en était fait de lui. Ah ! L'amour, ce monstre aux yeux de velours qui lorsqu'il vous avale vous dévore tout entier. Et allez savoir si la morsure de cet animal dangereux qui vous foudroie en un éclair n'a pas eu d'incidence sur son pauvre cœur assoupi, éprouvé au feu d'une vie militaire pacifique. Alex n'est pas un aventurier mais c'est un homme torturé et pas toujours en paix avec lui-même.

Attention aux erreurs d'aiguillage quand l'engin est déjà en perdition. Un petit grain de sentiment tout neuf peut mettre en danger l'ensemble du système et faire sauter les boulons. Alex revit les pulsions de son adolescence à l'état pur. L'amour retrouvé lui donne ces étranges forces régénératrices qui allument de l'intérieur un halogène émotionnel. Il insuffle dans ses cellules des salves de jeunesse qu'il voudrait exprimer dans une vibrante apothéose.

Un vieil acteur tout excité à la pensée de jouer son dernier rôle de composition avant la décomposition de l'être, de la splendeur au déclin. Nous passons tous un jour dans cette moulinette infernale du temps qui broie nos forces vives et nous laisse exsangues d'amour et d'émotions. Une enveloppe vide, un amas de circuits disjonctés dans un fourmillement diffus, juste avant l'arrêt définitif, cet ultime bouillonnement viscéral. Avant la panne sèche, le désert sentimental.

Attention à la marche arrière, au ressassement des pensées, au retranchement, au repli sur le passé, aux épanchements sur soi-même.

Attention encore aux derniers atouts « Amour » quand on n'a pas d'annonces et où le jeu n'en vaut plus la chandelle. Morte depuis longtemps. Brûlée par les deux bouts.

Attention toujours au retour de flamme quand l'étincelle des illusions se ranime et vient nous tarauder encore un brin, avant de s'éteindre en flammèches, en crépitements, comme une courte mèche allumée trop tard !

Attention enfin aux braises incandescentes, aux derniers feux follets avant le retrait stratégique, sans éclat, dans un désenchantement irréversible. L'agonie des jeunes vieillards !

On ne change pas impunément le cours d'une vie bien rangée. On ne part pas au galop, après une longue promenade tranquille sans se rompre les os. On ne joue pas les saumons dans un bocal à poissons rouges. On ne cueille pas des edelweiss quand on habite à la plaine !

Alex réagit… Il voudrait encore s'étonner des choses de la vie, rompre avec la monotonie, casser le rythme, briser ses liens, partir, s'envoler loin des contingences. Vivre enfin ses rêves !

La dépression le mine depuis trop longtemps déjà. La solution : divorcer ! Il a vu la lumière en la personne croisée au hasard d'un roman lu avec avidité. Quelques pages palpitantes d'une vie « autrement » dans un monde « différent » aux couleurs du « poète écrivain » qui lui fit découvrir des horizons inconnus au parfum de liberté, étrangers à son univers rigide et formel.

Pris dans un tourbillon idyllique, il explose d'amour, il quitte en pensée son cocon faussement douillet. C'est décidé, il va divorcer !

Ses enfants sont grands. Ils n'ont plus besoin de lui. Là, est la question. Qui a besoin de lui, d'ailleurs ? Cette femme peut-être ?

Cette âme sœur aux dents du bonheur, au sourire enjôleur, au pouvoir incendiaire qui a su l'émouvoir, lui, le cuirassé, le blindé.

L'homme aux yeux bleu acier, perdu dans sa dimension qui ne dépasse pas les limites du bord de son képi, même si les étoiles viennent s'y poser un jour. Ce couvre-chef qui laisse son empreinte tout autour de sa tête, traçant sur son front la ride caractéristique des soldats de la loi. Il rêve de l'ôter parfois et que ses cheveux puissent pousser en liberté.

Une carrière réussie, certes, mais une vie manquée ! Il veut quitter tout ça. Enfin, il aimerait ! Il a peur mais tant pis. Il préfère affronter la solitude à l'enfer des faux-semblants. Il ne veut plus se laisser glisser le long des parois lisses du couloir de l'indifférence, jusqu'aux abysses de l'errance végétative ou de l'invisibilité. « Rien ne sert de vieillir, il faut mourir à point. » Alex réfute l'idée de vieillir, celle de mourir, il y songe quelquefois. Mais n'a-t-il pas rencontré un ange qui lui tend la main, prêt à le ressusciter, armé de son sourire qui éclaire à présent sa vie ? La vie qui l'appelle, le retient. Qu'espère-t-il de ces deux jumelles – la vie et l'amour – ces deux indissociables fées au pouvoir infiniment magique… ?

Peut-on modifier le destin ? Ras-le-bol la ménopause d'Agnès, tout en rancœur, en acidité, en méchanceté gratuite. Rien ne va plus ! Elle l'exaspère, le tyrannise. Elle devient maniaque, acariâtre.

Il est assujetti à sa loi. Elle radote déjà. Il ne supporte plus ses mises en garde, ses chantages. Qu'elle s'occupe de ses potions anti-âge, de ses bains de jouvence en bains de souffrance. Il en a assez du retour d'âge de sa moitié trop entière, qui déborde de partout en bourrelets disgracieux, en peau d'orange, en peau de banane, en peau de vache !

Il est sauvé des eaux mêlées de boue et de sang mauvais. Il vient de se réveiller inondé de rosée, de tendresse et de vagues déferlantes d'espoir. Lui, le pauvre délaissé, écrasé qu'il était par les vicissitudes du quotidien. Malgré les honneurs et les titres ronflants dont on le gratifie et dont sa modestie souffre, il s'enfuit, combien même il espérait dans un avenir proche d'autres décorations qu'il ne pense pas mériter.

La légion d'honneur, ils ne sont pas légion ceux qui la possèdent ! Il en est fier, ma foi, mais il lui manque l'essentiel ! Vibrer, ressentir, tout un cortège de sensations oubliées qui refont surface soudain. Un frénétique serpentin qui s'agite comme un chiffon rouge devant un taureau hargneux qui dresse ses cornes, prêt à charger. Il se sent l'âme d'un toréador, il ne redoute plus personne. Il est riche à présent. Il est amoureux, inconditionnellement amoureux, jusqu'au vertige.

Chapitre 2
Trahison

Avant ce coup de foudre, pour se prouver qu'il était encore un homme, Alex, pensait avoir atteint la frontière où le désir ne franchit plus la ligne de démarcation entre sa vie maritale, en fin de course, et sa conscience, qui lui conseillait de se calmer. Il cherchait désespérément, mais sans conviction, une âme à laquelle se confier.

Ces infructueuses démarches se sont trouvées distancées par la raison qui plaque au sol toute velléité d'échapper à sa loi. Cette implacable raison qui tue à bout portant toute volonté d'évasion vers le bonheur de vivre, vers le plaisir d'aimer. Il avait cette soif de jouissance, aux confins des sphères platoniques où la sensualité se libère en geysers d'érotisme.

Il se mit alors à observer le manège des femmes qu'il croisait au hasard des promenades le long des rues, dans les parcs et jardins, aux terrasses des cafés. A Paris où il allait souvent, c'était plus facile. Il voulait savoir si son charme opérait toujours, s'il attirait les regards, s'il plaisait encore pour lui et non pour son pouvoir, son grade ou son uniforme. Bien sûr qu'il séduit encore et il le sait, l'hypocrite. Les hommes aussi ont cet instinct inné de savoir s'ils plaisent ou non. Chaque homme a un petit paon caché sous le pan de sa chemise qui fait la roue dès qu'un gentil minois le regarde en minaudant.

Alex a tenté le diable, ce n'était pas dans ses habitudes, il guettait comme un aigle fatigué qui n'a pas chassé depuis longtemps et qui a laissé ses proies pour l'ombre. Il s'inquiétait de sa virilité en sursis. Pourtant, il n'a pas de souci à se faire malgré son moral vacillant et son manque de confiance en lui. C'est un bel homme, grand, élégant, une allure folle, un charme envoûtant. Un regard qui vous met à nu, un sourire qui annihile en vous toute résistance et provoque un cataclysme passionnel, un tsunami de sensations. N'exagérons rien, mais son regard d'un bleu intense et profond inspire, il est vrai, un étrange besoin de se fondre en lui dans l'extase totale, sous l'effet immédiat de son magnétisme animal. La virilité incarnée ! Quel lyrisme dans la description de cet être qui n'engendre qu'une gentille compassion et une complète incompréhension de la part de sa femme, laquelle ne le voit plus comme un homme désirable mais comme un mari égoïste, ennuyeux, dévoré par sa passion littéraire qui la laisse indifférente. Elle est devenue aussi froide qu'un vieux frigo et aussi peu attirante que la femme décrite dans la chanson d'Aznavour, « Tu t'laisses aller ».

Alex plait aux femmes, selon les dires de ses collaboratrices, c'est un personnage ensorcelant qui peut vous mener au paradis s'il vous aime ou en enfer si vous l'aimez !

Alex est entouré de femmes ! La Gendarmerie se féminise, les femmes ne sont plus sur la défense, elles sont à la Défense.

Depuis son enfance, il est bercé dans cette ambiance féminine, déjà sous la ferme autorité de sa maman qui tenait les rennes.

Il fut materné aussi par ses sœurs, tantes et cousines. Un grand garçon, bâti en athlète à la sensibilité décuplée sous l'influence de son entourage immédiat, tout en jupon.

Sa vie changea enfin quand il entra dans l'arme, c'est auprès de la gente militaire qu'il reprit conscience de sa masculinité et retrouva ses repères de mâle dominant.

Alex veut quitter le bateau des lassitudes pour des latitudes plus clémentes, prendre le large et mettre le cap sur la passion. Il rêve de lever l'ancre pour un nouveau départ, un départ tout court. Son seul objectif : la liberté ! Et peut-être au bout… l'amour… ?

Vivre ses passions pour les écrire ensuite ou les écrire encore pour les vivre enfin ! Mais ses artères vont-elles oublier leur âge ? Quant à l'abordage, le Colonel de Gendarmerie, au sortir de son usine bien huilée, devra endosser la casaque du pirate pour partir à l'aventure.

Alex abandonne son foyer où la flamme ne brûle plus. En cette fin d'année 2002, le Père Noël lui a apporté le plus beau cadeau jamais reçu, l'amour enrobé d'illusions retrouvées.

C'est autre chose que les cadeaux habituels qui accompagnent ses réveillons insipides et glacials, entre sa triste vie de couple et ses obligations professionnelles. De cérémonies en vins d'honneur suivis de la fastidieuse besogne : répondre aux incontournables cartes de vœux surmontées de l'emblématique logo tricolore avec ces sigles : DIRCOM, DG, DICOD, CNICG, etc., toutes les abréviations des innombrables rouages de l'Institution tentaculaire de la Gendarmerie Nationale.

Geneviève ! Eh oui, elle se prénomme Geneviève… Une Sainte pour lui tout seul ! Autre chose que ces médailles, rubans et décorations qui n'éblouissent que les envieux, les jaloux qui traversent sa vie en course aux honneurs, de prise d'armes en prise d'âmes, d'adoubements « en pots d'échappement ». L'adieu à l'arme, la larme à l'œil, dans un fauteuil, roulant parfois, mais, il a le temps, lui, Alex le grand, il est alerte, en alerte rouge ! Le sang bat ses tempes.

Geneviève, la patronne des gendarmes ! Quel drôle de hasard ! Il n'existe pas, dit-on, mais Geneviève, elle, elle existe ! Elle domine Paris et culmine en son cœur. Douce mélopée, Geneviève.

Elle est Tout ! Il n'est rien ! Ses yeux brillent, son cœur s'emballe. Il veut être libre pour elle, pour se consacrer à ce nouvel amour qui a chassé tous les vilains fantômes de son passé. Geneviève qui stimule son présent et justifie son avenir.

Autour de ce prénom, il y a de la douceur, de la tendresse, de l'affection et du désir, alors… C'est beau la vie. Il espère tout de cette aventure amoureuse. Elle écrit, elle peint, elle enchante, elle est l'incarnation même de la femme idéale, celle dont il a toujours rêvé. Il l'admire, la vénère, un peu trop déjà. Trop vite, sans limite, comme si elle venait juste de naître pour lui. C'est ça ! Elle semble irréelle, virtuelle, une image en son cœur blessé. Un être à aimer, à chérir, au-delà de tout, à en imploser. Elle a cette façon de parler, de sourire, de rire, de le regarder… Geneviève, sa bien-aimée est un vol d'oiseau ivre, un chant cristallin, un parfum subtil, un concerto en ut, le vibrato d'un luth, un violon qui pleure, non ce n'est pas un leurre. C'est la symphonie de leur rêve à deux. C'est la plus belle chose qui lui soit arrivée. Geneviève est pour lui la rose fragile qui offre un à un ses pétales graciles, afin qu'il les détache lentement jusqu'au pistil pour en exhaler les parfums d'amour qui caressent son âme d'un rayon de jour.

Alex est poète. C'est en vers, en prose, en acrostiches qu'il lui fait sa cour, il lui offre des mots en bouquets de sentiments.

Geneviève, sa muse qu'il a tant cherchée, cette femme-diable, cette femme-fée qu'il a idéalisée, aimée avant le verbe. Qui es-tu, belle inconnue ? Pages romancées d'un livre qui l'a ému, surpris, conquis, émerveillé au point qu'il décide aujourd'hui pour elle de tout plaquer.

Le livre qui chante de la jolie dame plonge notre Colonel amoureux des mots dans une course folle au bonheur et puis… son cœur lâche soudain de trop de tout. Trop d'émotions, de soucis, dépression, surpression, projets, carrière, divorce, enfants, travail, changement, déménagement… Un véritable tourbillon…

Geneviève l'a trahit ! Elle est mariée ! C'est ce qu'il croyait alors quand le scandale éclata. Ce n'est pas vrai, pourquoi ? Il n'oubliera jamais cette fameuse soirée… Une porte s'ouvre sur la lumière… et le rêve se brise sur l'écueil de l'amère réalité… Après une année de galère en proie à une grande détresse, il n'en pouvait plus. Que lui arrivait-il ce jour-là, à trois heures du matin ? Une grande douleur dans la poitrine ? Il chancelle, il a mal, il bascule, il chavire, il tombe !

C'est la Dame au capuchon noir qui lui apparaît et tout disparaît… à nouveau dans un brouillard épais ! Et le temps passe…

Des liens épistolaires les unissent encore, pour s'expliquer, se justifier. La belle écrivaine à la vie complexe, que savait-il d'elle au juste ? Qu'avait-il espéré de cette trop brève rencontre, en baisers furtifs, en promesses, en serments, en châteaux de sable, sur le remblai des Sables ? Des paroles qui s'envolent au vent, Des regards éloquents qui invitent et plus rien… Non ! Il n'accepte pas l'outrage, le scandale, les mensonges. Il attendait trop d'elle. Il la croyait libre, franche et pure, sans complication. Pas comme ces femmes de tête, brillantes, étincelantes qui virevoltent, étourdissent, allument et éteignent aussitôt, sur lesquelles on ne peut pas compter, avec lesquelles on ne peut pas construire. Geneviève, elle le faisait rêver…

Après une nuit sans sommeil, il tranche la part du rêve, fiévreux, malheureux, il fuit de peur de trop souffrir. Il quitte le navire des illusions amoureuses. Il s'est trompé. Il l'aimait déjà tellement. Son sourire éclatant de vérité, émouvant de tendresse pour toute l'humanité, dont il pensait être l'élu. Il la voyait comme un ange alors qu'elle est comme toutes les autres, un démon dont on ne peut attendre que des plaisirs passagers.

Ah, les femmes ! Il ne les a jamais aimées au fond, ces bestioles aguichantes, énigmatiques, changeantes, égoïstes. Ces filles du diable à qui on donnerait le bon Dieu sans confession. Geneviève lui semblait si particulière, l'exception, l'épouse, l'amante mais pas religieuse !

— Aux saintes, n'y touche pas ! disait sa mère. Elles sont pires que les autres !

— Toutes les femmes sont des créatures perverses, se plaisait-il à dire. Sauf ma mère, ma fille, mes sœurs et Geneviève blaguait-il parfois…

Il devra dire à présent « sauf ma mère, ma fille et mes sœurs… ! »

Que de questions sans réponses ! Elle l'a piégé cette figure de proue, cette voleuse d'âme, cette enjôleuse au cœur de pierre. Une étoile filante dont il est tombé amoureux, lui, le pauvre petit ver de terre. Je dois me reprendre, en finir avec ces problèmes affectifs qui m'ont détourné de mon devoir. Non, ce n'est pas pour moi, s'entendit-il dire, se parlant à lui-même.

Pourtant, il a besoin du soutien d'une femme, une vraie ! Il se prend déjà à penser qu'il doit considérer cette épreuve comme un ratage, une divagation de l'esprit, une faiblesse. Il se trouve forcément quelqu'une, quelque part qui l'attend. Il y a d'autres femmes sur terre. Ce n'était pas la bonne, c'est tout ! Existe-t-elle, celle qui va le prendre par la main, ce grand ballot, perdu, désorienté ? Sans la douceur d'une Messaline, il n'est que l'ombre de lui-même, une grande ombre dans laquelle il voudrait disparaître.

Chapitre 3
C'est mythique

Geneviève lui écrit souvent ; toujours tu auras une réponse, lui a-t-il dit. Il lui répond en effet, désabusé, sec, froid, fraternel, compatissant, du style « objecteur de conscience ». Il semble détaché du sujet, ou bien par un lien si discret que l'on a du mal à imaginer qu'il a aimé vraiment cette femme.

Quelques « entre les lignes » cependant témoignent encore de son attachement réel à l'ange déchu, qu'il veut à présent rayer de sa mémoire en tant que compagne de vie mais lui garde une amitié sincère, peut-être même un peu plus… Un proverbe de Lord Byron dit à juste titre : « L'amitié, c'est l'amour qui a perdu ses ailes ». Mais n'est-elle pas plus durable ?

Comme tant d'hommes, Alex a cette faculté de tirer un trait sur une histoire de cœur avortée et repartir au quart de tour pour une autre aventure… Ne serait-ce pas lui, au fond, le volage ? Le cœur voyageur, l'infidèle, l'inconstant ? Chaque homme n'a-t-il pas – plus ou moins marqué – ce côté féminin qui le rend félin comme une chatte de gouttière ?

Des lettres pleuvent, des messages, des textos, des mails, des courriels, en bavardage, en confidences, en effusions d'idées et en poésie.

Lequel des deux veut rompre ces échanges épistolaires si agréables ? Chacun se sent responsable de cette triste épopée amoureuse. Il est malheureux de savoir Geneviève dans un tel désespoir. Elle ne comprend pas son attitude de rejet.

Que s'est-il passé dans le cerveau en ébullition d'Alex, en proie à de complexes contradictions ? A-t-il seulement des sentiments ? Est-il capable au fond d'aimer s'il n'est pas en mesure de s'apprécier lui-même ?

Il est tellement occupé à ressasser ses malheurs, à essayer de régler son horloge biologique dont l'aiguille s'affole sans cesse…

Alex est mal dans sa peau, il souffre de ce mal-être ; alors il cherche une bouée de sauvetage, un palliatif à son manque d'affection, à son besoin de tendresse, pour continuer à avancer.

Il a peur du naufrage ! Il écrit sa détresse, il s'invente des rêves.

Il s'accroche à sa plume en noircissant des pages et des pages de ses pensées, de ses dilemmes, pour essayer d'affronter le peu qu'il lui reste d'existence, puisque son cœur a décidé de le maintenir à flot.

Forcément, il doit y avoir une raison ! Il a un combat à mener.

La raison sera désormais le seul drapeau qui flottera au-dessus de son horizon. Elle sera sa boussole. Il sera hermétique à tout élément perturbateur qui viendrait bousculer ses plans. Il va élaguer, rayer les mentions inutiles et s'imperméabiliser aux pluies affectives et aux pleurs intérieurs.

Il se choisira s'il le faut une compagne. N'y a-t-il pas moyen aujourd'hui de commander l'amour comme on le ferait pour une marchandise ? Sur toute la planète, le réseau Internet nous tend ses pièges et nous propose ses solutions. Lorsqu'on a des soucis ou des peines de cœur, on se confie hélas à son ordinateur. On entre les données, point par point, le tour est joué. C'est un jeu de patience. La fin justifie les moyens. On ouvre des fenêtres. Des petites photos arrivent en sourires trompeurs, il faut faire le tri bien sûr, mais avec l'habitude, on sent si l'âme sœur est de l'autre côté de l'écran. Jeux de hasard, c'est la loterie ! Au moins, on reste chez soi tranquille sans dépenses inutiles, sans fatigue, sans la fumée des bars, sans s'encanailler dans les boîtes de nuit. Au fond, c'est sans doute le seul moyen de mettre fin à sa solitude.

On clique et l'amour est au rendez-vous, c'est mythique, c'est Wanadoo ou autre chose, voilà ! C'est facile et ça peut apporter le bonheur…

Chapitre 4
L'intrus

Geneviève sort de chez son médecin traitant. Elle est dans un état dépressif inquiétant. Elle a même pensé se supprimer afin d'éradiquer ses souffrances. Pourtant, avant cette avalanche de misères, elle arborait toujours un large sourire et ses yeux pétillaient de vie et d'insouciance. Jeune dans son cœur et dans son esprit, elle n'avait pas encore pris conscience de son âge. 53 ans. L'éternelle adolescente aimait à dire « J'ai 'cinquante quinze' ans et elle riait en effet comme une enfant qu'elle sera toujours dans son âme, même meurtrie.

Geneviève vit au rythme de ses passions pour l'art. Celle d'écrire, de peindre et de dépeindre les tableaux de cette vie qui palpite en elle, comme si tout son être n'était qu'un grand cœur en forme de sourire. La perte récente de ses parents qu'elle adorait et qui représentaient le centre de son univers l'a bouleversée ; puis la mort de son chien, son confident à quatre pattes auquel elle confiait ses ambitions artistiques, témoin muet de ses aspirations littéraires et de ses amours romanesques.

Ces deuils successifs, ces choses naturellement douloureuses l'ont transformé en zombie malheureux. Et puis, cet homme qu'elle rencontra au moment où sa peine était à son paroxysme.

Sa douleur, inconsciemment exorcisée par cette montée soudaine de sève, s'est transcendée en passion fusionnelle pour cet être qui prenait la première place vacante dans son âme en charpie.

Cet homme dont elle tomba follement amoureuse dès la première rencontre. Il fallait bien que cela lui arrive un jour. Elle n'y pensait plus. Y avait-elle pensé d'ailleurs ? Amoureuse du monde, des gens, des choses de la vie, de la nature, des mots, oui ! Mais d'un homme, jamais ! C'était la première fois et la dernière aussi.

Geneviève fut toujours très courtisée. Comme une princesse, elle avait sa cour d'admirateurs, une ribambelle d'amoureux transis. Une écrivaine charmeuse et charmante ! L'envoûtante et déroutante poétesse un peu bohème faisait tourner les têtes. Elle était séduisante, cette belle plante pleine de vie. Grande, élégante, élancée, féminine et gracieuse dans ses gestes et dans ses paroles. Une voix claire et chantante qui coule en source vive, ponctuée de petits rires en cascade qui éclatent en gerbes joyeuses, en éclats de cristal reflétant sa bonne humeur et son extraordinaire joie de vivre.

Une brune aux yeux kaki, éclatante et lumineuse qui renversait et incendiait les cœurs.

Ce séduisant littéraire, un peu gendarme, parfaitement officier et incontestablement désirable, elle vient de le perdre aussi. La belle se trouve bête devant cet échec sentimental qui finit de l'achever.

Elle ne peut s'y résoudre. C'est impossible, a-t-elle perdu tous ses pouvoirs de séduction ? D'habitude, quand ces messieurs la courtisent et qu'elle daigne accepter un rendez-vous qu'elle qualifie de juste (relationnel), suivi d'un dîner, il n'y a aucune raison pour que le sujet ne lui soit pas subordonné et qu'il ne tombe pas dans ses filets tendus sans préméditation. Elle reste confiante dans son charisme naturel, son attractivité presque cosmique, mais se méfie de son regard qui en dit bien plus qu'elle ne le souhaite parfois, instinctivement poussée par le plaisir de plaire à tout prix. Elle a plutôt beaucoup de mal ensuite à se débarrasser de ses victimes. Elle se sent néanmoins responsable des dégâts provoqués par son sex-appeal dû à ses formes comme une amphore romaine et à ses courbes excitantes et ondulantes. Elle est maintenant légèrement enrobée mais séduit encore, elle le suppose.

Cette fois, la femme fatale s'est trouvée piégée et son double au masculin semble avoir gagné la partie. Elle l'aime à cœur perdu.

Non, elle refuse d'envisager la vie sans lui. Ils étaient tous deux sous l'emprise de leurs charmes respectifs. Un coup de foudre réciproque et partagé. Ils étaient sans nul doute en osmose, en symbiose, en phase. Un seul regard, un seul espoir, deux êtres en pointillé d'amour… !

Deux planètes dont l'une est la lune de l'autre, laquelle des deux tourne autour de l'autre ? Laquelle d'entre elles est le satellite de l'autre ? Ou bien tournent-elles ensemble dans un accord parfait ?

Elles ne formaient, pensaient-ils l'un comme l'autre, qu'un seul et unique objet au centre d'un univers où plus rien n'existe autour.

Pourquoi a-t-elle menti sur ce compagnon de vie dont elle s'était libérée depuis longtemps déjà ?

L'oiseau n'a pas à parler du nid qu'il a quitté pour reprendre son vol… Mais tout de même, c'est sa faute, on ne bâtit pas sur le mensonge ou l'omission. Tout avait si bien commencé.

Geneviève pleure son grand amour défunt, un gros chagrin qui tue, une défaite amère. L'orgueil blessé, l'amour-propre mis à mal. La déception cruelle, la désillusion totale. Un grand vide, un immense trou aussi noir que ses idées. Elle hurle en tempêtes de larmes, elle crie à en faire trembler la tour d'Arundel. Elle pleure enfin sur cet amour perdu à jamais. Sur ce gâchis sentimental, sur le temps qui passe, sur elle-même. Elle n'a plus rien ! Pourquoi a-t-il fui ? Il y a autre chose. Ecrivain, poète, artiste peintre, un peu saltimbanque, une femme trop voyante, expansive. Un autre milieu, une autre culture, c'est ça ! Trop d'obstacles infranchissables. On ne mélange pas le romantisme désuet et puéril avec la force humaine, l'honneur et la patrie. Elle comprend. Du moins, elle essaie.

Le lâche, il s'est enfui, la tête basse, le moral en berne avec ses élans stoppés net. Il est parti ce grand escogriffe. Quelle gifle !

Il a fui avec ses sentiments sous le bras, ses interrogations sans écho, son désir endormi quelque part au creux d'un soupir étouffé !

Il était là, à portée de cœur, à fleur d'âme, main dans la main, regards complices, tout un supplice. Attendre demain… Non, il ne fallait pas laisser demain nous trahir, nous briser !

Il fallait saisir cette chance à bras-le-corps, se serrer très fort l'un contre l'autre, s'embrasser à en perdre haleine. Il ne fallait pas laisser au temps le temps de nous perdre, de réfléchir. Ne pas refuser un présent palpable pour un demain incertain.

Il faut dire que pour leur premier dîner aux chandelles alors qu'ils étaient en plein rêve, les yeux dans les yeux, rien ne devait venir troubler ces prémices amoureuses. Après quelques pas du restaurant au casino, pour finir la soirée au champagne et célébrer leur merveilleuse rencontre, un incident imprévu allait changer le rêve en cauchemar. Alors qu'ils levaient leurs verres, heureux de partager les mêmes sentiments de bonheur et d'ivresse, l'intrusion soudaine d'une bourrasque humaine, inhumaine pourrait-on dire, a cassé l'ambiance et détruit la pyramide de leur amour naissant.

L'ex-soupirant de Geneviève venait de faire irruption sur la scène du premier acte de cette saga sentimentale. L'amoureux éconduit, le jaloux excessif, armé de sa rancœur et de son dépit, titubait de rage et d'alcool en gesticulant et vociférant.

Alex, confronté il fut un temps à ce genre d'individu, dans le cadre de sa fonction de gendarme, aperçut en un éclair la crosse d'une arme fourrée dans la ceinture du pantalon de l'intrus.

L'homme était armé et pas une rigolade, rien qu'un Smith&Wesson six pouces, le fameux 357 magnum. Ce n'était plus une banale histoire d'amour mais un véritable western des temps modernes.

Il faut comprendre à présent la réaction d'Alex devant une situation aussi rocambolesque et sordide. Un vilain jaloux, aveuglé par son amour obsessionnel, un malade mental qui menaçait de les flinguer tous les deux à bout portant. Quelle aventure ! Dans un lieu public, un lendemain de fête, à l'aurore de l'année nouvelle.

Un miracle qu'il n'ait pas dégainé, une fin tragique pour ces deux tourtereaux sur le retour qui roucoulaient tendrement.

Comment, après un épisode aussi mouvementé, l'officier trahi pouvait-il garder la tête froide, le cœur au chaud et l'esprit serein ?

Tout fut brisé en une fraction de seconde. Bonjour le scandale !

Au revoir les magnifiques projets de vie commune.

La scène d'amour qui suivit cet incident n'était pas celle prévue au programme de leur idylle naissante.

Geneviève perdait la face et son amour avec…

Il fallait s'aimer intensément, tout de suite ou jamais ! Un pauvre bougre ivre de chagrin avait déstabilisé son héros ! Il aurait du tirer !

« Nous serions réunis dans la mort avec l'éternité devant nous pour nous aimer », avait pensé Geneviève avec un sourire sardonique sur les lèvres. L'amoureuse frustrée essayait de prendre en dérision cette piteuse aventure.

La « Sainte Geneviève » venait de perdre son auréole. Cet horrible personnage de roman bon marché, un flic des finances suspicieux, un enquêteur acharné, s'était servi d'un indic à sa solde pour filocher l'élue de son cœur, cette traîtresse qui l'avait jeté comme un malpropre.

Tout cela ne veut rien dire, c'est insensé ! Une déplorable conclusion. Bien sûr, ensuite, l'amour a repris ses droits et la romance s'est poursuivie. Le méchant jaloux les poursuivait aussi. Un rodéo dans les rues des Sables d'Olonne en ce mois de janvier sous la neige fondue et glaciale, c'était épique. Les effusions furent paradoxalement décuplées par la situation dramatique, en baisers fougueux. En regrets, aussi, de ne pouvoir s'aimer dans un endroit plus propice que l'habitacle d'une voiture. Ils étaient recroquevillés sur les sièges, dans la lumière blafarde du petit matin d'hiver, sur un parking surplombant la baie de la Cayola.

Chapitre 5
L'amour traqué

Ce n'était plus de la neige qui tombait sur le pare-brise de la voiture du Colonel, mais de la grêle qui venait frapper les vitres.

Les flocons d'écume, qui dansaient une farandole dans le ciel où l'aube avait du mal à s'identifier, venaient de la mer en furie. Soulevés par le vent violent, ils retombaient en gerbes blanches sur la Peugeot bleu marine.

Malgré l'ambiance digne d'un film de la série noire, les ex-futurs amants s'enlacèrent en proie à un désir trop fort pour être contenu.

Leurs ébats n'allèrent pas plus loin que les baisers enflammés, les élans arrêtés dans leur course, en caresses maladroites d'amoureux traqués. De bien tristes préliminaires pour un amour si grand. Leurs corps rêvaient de s'épouser mais leurs cœurs saignaient de regrets, au bord des larmes…

Quelle misère ! Lui, un futur Général poursuivi par un flic ! Et ivrogne par-dessus le marché ! C'est un comble ! Alex était partagé entre la colère et la pitié.

Geneviève n'était pas responsable de ce mélodrame, elle avait quitté cet homme exclusif et jaloux qui lui vouait un amour fou. Elle avait eu une liaison avec lui, certes mais il était alors sobre, plus jeune et plus beau. Il se montrait prévenant avec elle. Il était serviable et se pliait en quatre pour lui être agréable. Il l'aimait égoïstement, mais il l'aimait vraiment. L'amour hélas ne pardonne pas tout. Elle aurait pu comprendre, s'il n'était pas allé jusqu'à briser sa dernière tranche de vie qui promettait d'être heureuse avec Alex, dont elle était incroyablement amoureuse. Elle aurait pu pardonner mais c'est de la haine qu'elle éprouve à présent pour ce criminel…

Parce que c'est un crime de saccager la vie d'autrui, de briser le destin d'un couple. Oui, elle lui en veut, elle le maudit, mais est-il le seul coupable dans la mort d'un amour si fragile… ?

Est-ce vraiment l'intervention de ce pauvre bougre au cœur en friche qui a remis en cause tout un avenir ? Alex n'était-il pas encore trop marqué par son récent divorce pour passer outre cet incident déplaisant, même si son orgueil en a souffert ? Si son amour pour Geneviève avait été plus fort, il aurait résisté à tous les obstacles.

Quel est le chaînant manquant ? Peut-on tuer de véritables sentiments d'amour aussi facilement ?

Geneviève, un prénom qui personnifie la droiture, la tendresse, l'abnégation, la sagesse et le courage… La femme mure qu'elle est devenue, peut-être justement parce qu'elle est confrontée à son propre drame amoureux, réfléchit et se dit qu'au fond, il ne l'aimait pas assez, c'était superficiel. Elle se dit aussi qu'il y a des drames humains plus graves dans la vie. Bien sûr, ce n'est pas juste ce qu'il lui arrive, mais n'est-il pas plus injuste encore que cet enfant qui meurt brûlé vif dans un incendie de forêt ? Ou cet adolescent aux commandes de sa moto dont il perd le contrôle, heurte un à un les platanes bordant une route de province et qui agonise à l'hôpital dans d'horribles souffrances, avant de rendre l'âme dans les bras de sa mère ? Et ce grand-père qui sort de la clinique, guéri d'un cancer et se fait écraser en traversant la rue pour rejoindre son petit-fils qui l'attend de l'autre côté, le pauvre homme projeté dans les airs comme un fétu de paille, sous les yeux du garçon muet de stupeur. ?

Qu'est-ce que cette banale histoire d'amour malheureux représente dans la longue liste des drames de la vie au quotidien ?

Mais c'est son drame à elle, sa souffrance personnelle. Son esprit est fixé sur son malheur jusqu'à la psychose. Elle n'est plus qu'une poussière de femme face à sa grande détresse morale, effondrée de chagrin, étourdie d'amour.

Pourquoi le destin a-t-il voulu cela ? Pourquoi nous a-t-il fait nous rencontrer pour nous trahir ainsi ? Rien n'est juste !

Pourtant, son instinct de femme lui dit que rien n'est définitif.

Le mot « impossible » n'existe pas dans le langage du cœur, pas plus que dans le dictionnaire de l'âme !

Chapitre 6
Madame « Haut-Débit »

Alex se sent mal. Il a fui cette femme à problèmes. Cette femme qui lui fait peur. Qu'il aime encore cependant. L'attirance qu'elle exerce sur lui n'est pas feinte, mais il lui faut absolument l'oublier et reprendre sa vie là où il l'avait laissée. Combler le vide affectif, le manque de tendresse. Il trouvera la volonté de passer à autre chose.

Il doit fermer cette parenthèse et mettre dans un des lobes de sa mémoire ce « bel arrêt sur image dans la course du temps ».

Il trouvera à force de patience une « gentille » femme à sa convenance, sur mesure. Il s'est déjà installé confortablement dans cette idée, les yeux rivés sur l'écran, même si cela doit prendre du temps, il la trouvera, la perle rare ! Il la choisira. Elle l'attend cachée derrière un pseudonyme ou un œil mystérieux ouvert sur l'avenir.

Il est si fatigué, il n'a plus envie de faire confiance au hasard des rencontres. Et puis, elles ne sont pas libres, ces femmes qu'il côtoie dans les réunions mondaines, cocktails ou autres soirées officielles de la Direction Générale de la Gendarmerie où elles sont rarement seules. Les quelques femmes célibataires dans ce milieu à majorité masculine ne sont pas considérées comme fréquentables… des intrigantes qui dérangent… L'harmonie du couple est très importante dans cette institution qui ne conçoit pas facilement les ratages matrimoniaux, qui ternissent l'image symbolique de la cellule familiale, très à l'honneur au sein de l'arme.

Alex ne veut pas se commettre dans des milieux plus modestes où il trouverait peut-être la femme idéale. Alors quoi de plus pratique que ce système à la portée de tous pour franchir le grand fossé des préjugés et combler l'infernale solitude qu'il redoute de plus en plus.

Il a pris un sacré coup de vieux depuis sa visite aux portes du néant. Il doit penser avant tout à se reconstruire, recouvrer la santé morale et physique et tâcher d'être enfin raisonnable.

« Oublie-la, cette passagère clandestine de ton cœur ! Bon sang ! Je vaincrais ces foutus sentiments qui me réduisent en miettes, se dit-il. Plus d'émotions intenses, Calme-toi, mon vieux… ! Ton cœur n'a plus le droit à l'erreur ! Laisse-le battre à son nouveau rythme ! Il est en rodage à présent. Un cœur tout neuf, ça se mérite, ça justifie un oubli total pour une nouvelle vie moins tourmentée. »

Alex s'autosuggestionne et se donne des ordres, comme s'il était son propre père, celui qu'il n'a pas eu et qui lui a tant manqué tout au long de sa vie.

« Oublie, se dit-il à lui-même. Guéris, entreprends, écris, publie, réalise et vis un peu moins vite mais 'vis' autrement ! »

Un futur Général, historien, romancier, se doit d'être à la hauteur de ses ambitions et de sa position dans la société.

Qu'en a-t-il à faire de sa position dans cette société, laquelle n'était pas à la hauteur de l'idée qu'il s'en faisait déjà quand il était jeune et plein d'illusions et qui se dégrade dangereusement aujourd'hui. A présent, il ne veut plus refaire le monde. Elle peut bien devenir laide, cette humanité sans scrupules et sans nuances. Il s'en fout ! Ce qu'il désire plus que tout maintenant, c'est la paix. Un cadre agréable de vie, une maison où cultiver un bonheur raisonné, un amour tranquille tout en sourire et en béatitude.

Mais on ne guérit pas aisément d'une dépression profonde, d'un amour déçu, sans qu'apparaissent des séquelles indélébiles.

Avec son cœur en refonte, son âme en dentelle et son esprit en déliquescence, Alex ne peut se passer des rassurantes paroles et des assauts d'enthousiasme de Geneviève, pour laquelle il garde malgré toute une tendresse mesurée.

Ils continuent de loin en loin à correspondre, leurs échanges épistolaires s'évanouissent dans le temps qui passe et jettent un flou sur les images de leur vie passée.

Mais un jour… La femme virtuelle, Madame « Haut-Débit » pointe le bout de son nez sur l'écran lumineux de l'ordinateur d'Alex Debussy qui, tout émoustillé, tombe sous le charme artificiel de ce fantôme informatique.

Du virtuel à la réalité, un rendez-vous sur Wanadoo et Geneviève est effacée de la vie du Colonel. Gommée comme une erreur de jeunesse, comme une virgule dans une phrase oubliée !

Chapitre 7
Alex revit, Geneviève survit !

Alex est à nouveau amoureux. Cette fois, c'est la bonne ! Il forme avec « Ordine » un couple idéal. Les amoureux de l'ère informatique s'entendent à merveille. Récemment promu Général, son amie est très fière, pensez donc ! Se promener au bras d'un officier de Gendarmerie, c'est bien, mais un Général deux étoiles, c'est encore mieux. Elle le soutient dans toutes ses entreprises et le materne comme le faisait sa maman. Il se retrouve petit garçon, chouchouté, protégé des autres et de lui-même. C'est au fond ce qu'il lui fallait, ce qu'il désirait, être le seul pôle d'attraction de sa compagne. Il reprend des forces et tout le passionne à nouveau.

Après maintes recherches dans le domaine professionnel privé, Alex accepte une proposition pour ne pas rester inactif. Ils partent pour le Sud et ses vœux s'exhaussent. Aujourd'hui, il exerce une activité à la mesure de ses compétences et il s'adonne à sa passion d'écrire. Les affres de la création l'emportent dans une dimension où plus rien ne peut l'atteindre. Que demander de plus, il est tout simplement heureux ?

Une femme modèle à ses côté qui le rassure. Il se sent à présent en sécurité et surtout, sa vieille amie la solitude a reçu une leçon magistrale. Il lui préfère – et on le comprend – cette remplaçante qui ne suscite pas plus le désir que la passion amoureuse mais une chose est sûre, il risque moins que sa jalousie et son orgueil soient sollicités, c'est plus prudent pour son cœur ! C'est une femme confortable, aimable, toute simple et sans prétention. Elle a la saveur des épouses au foyer. L'efficacité des ménagères énergiques, la tête sur les épaules et la volonté d'éliminer sans ménagement toutes les agressions extérieures, morales, physiques, spirituelles et même amicales, qui pourraient parasiter leur bonheur de ronronner ensemble. Mais pourra-t-il rester longtemps loin de sa Vendée chérie ?

Pendant ce temps, Geneviève survit, dévorée tout entière par sa passion amoureuse.

Elle écrit sans cesse et frénétiquement la même histoire qu'elle transforme, modifie, adapte selon ses humeurs, ses lueurs d'espoir ou ses crises d'angoisse. Elle n'a trouvé en fait que cette alternative pour essayer de chasser ces sentiments destructeurs, cette obsession maladive, ce fléau qui l'empêche de vivre normalement.

Elle change les mots, les noms, les endroits mais le sujet, l'objet de son délire, reste hélas le même : lui, encore lui, toujours LUI !

Entre ses expositions de peinture, ses publications de fables, poésies, nouvelles et romans, elle trouve le temps d'écrire, en proie elle aussi aux affres de la création. Elle commence un conte fantastique, une épopée cosmique pour s'évader et changer d'atmosphère. Même quand elle part en voyage aux quatre coins du monde, elle éprouve le besoin de s'échapper encore plus loin, aux confins du monde réel. Elle fuit, elle le fuit mais revient vers lui en pensée. Ne revient-on pas toujours sur le lieu du crime, que l'on soit victime ou bourreau ?

Elle s'investit dans cette aventure romanesque et comme Alex, elle se noie dans l'action. Comme lui, avant qu'il ne croise Madame « Haut-Débit », elle s'accroche à sa plume pour ne pas sombrer dans la démence.

Elle éprouve pour cet homme un amour intégral. Elle l'aime et le désire comme un amant, elle l'aime aussi comme un père, un frère, parfois même comme un fils qu'elle aurait aimé avoir, ça en devient presque malsain.

C'est quasiment de l'inceste et à l'instar du palimpseste, sur le parchemin de son âme, son amour pour lui est gravé en lettres de folie et jamais rien ne viendra à nouveau s'y inscrire !

A travers cette saga astronomique, elle exulte et traduit sa grande sensibilité en sentiments, en analyses, en abstractions, une aventure littéraire où l'amour se lit à chaque page, dans chaque mot du prologue à l'épilogue.

Chapitre 8
Un grand talent, une petite chose…

Si ce n'est toi qui m'aimes,
je ne serai pas aimé ; si ce n'est toi
que j'aime, je n'aimerai pas.

Samuel Beckett

Geneviève Lafarbe, qui est-elle ? Alex, au fond ne la connaît pas. Une artiste ! Certes, son art a pris tant de place dans sa vie qu'elle en a oublié de vivre. Au début de sa carrière de peintre-écrivain, elle a dû exercer le métier d'étalagiste-décorateur pour subsister, tout en continuant d'enrichir son capital (tableaux).

La plume et le pinceau toujours à la portée de la main, l'esprit de créativité en alerte constante, Geneviève reste attentive au moindre signe de sa muse : une sorte d'information venue d'un curieux émetteur diffusant d'étranges messages sur des ondes inconnues provenant d'une mystérieuse planète. Sans doute « l'étoile des poètes » qui brille au ciel des esprits inspirés.

Elle cueille des pensées au jardin des idées qui fleurissent et éclosent en gerbes de mots choisis, en bouquets de couleurs, d'ombres et de lumières.

Dans chacune de ses œuvres, la nature chante et crie sa vérité ; toute en nuances, en douceur, en pastel, en caresses et en sensualité.

Paysagiste et impressionniste, elle ne cherche pas dans ses peintures à exprimer ses interrogations, ses dilemmes ou ses angoisses. Pudique et spontanée, elle se libère au contraire des frustrations imposées par la réalité quotidienne. Elle s'aère, elle exulte, à travers la pureté des lignes, par la fraîcheur d'un style qui lui est propre, en beauté, en clarté. Elle donne à ses toiles une dimension où le rêve et l'espoir se noient dans l'infini.

Elle cache ses sentiments intimes au cœur de ses forêts, elle dissimule ses fantasmes au creux d'un arbre mort aux branches torturées. Geneviève protège son âme derrière un buisson, s'évade et s'envole au hasard des chemins qu'elle crée, toute à son aise, en suivant son instinct et son inspiration.

L'écrivaine joue avec les saisons, du printemps à l'hiver, en contraste, en subjectivité. Ses mots comme ses couleurs dansent, tourbillonnent, suggèrent, en flocons de neige, en routes ombragées. Elle traduit ses émotions et tout son être explose dans ses fresques picturales ou littéraires. L'harmonie des teintes et des formes révèle une personnalité nuancée. Elle n'utilise jamais franchement de blanc ou de noir mais elle sait marier les tons pour qu'ils reflètent fidèlement ce qu'elle souhaite créer. Elle ne dessine pas mais souligne en fondus, en dégradés, sans un trait. Elle fait renaître sous sa brosse tous les attraits de cette nature qu'elle aime et dont elle ne voudrait trahir ni la grandeur ni la majesté.

Sa peinture est douce, rien n'agresse, rien n'oppresse. Tout s'éclaire et même quand ces ciels annoncent une tempête, on ne peut s'empêcher d'admirer ses nuages auxquels elle donne toute la force, l'énergie et la sensibilité de son âme d'artiste, une âme qui se livre et se délivre en touches délicates, de sa main gauche, celle du cœur !

Ses mots, tout comme ses couleurs, viennent sur la page blanche ou sur la toile de lin semer des graines qui germent en harmonie avec les feux de ses soleils ardents. Ils s'épanouissent en passion, en amour, en sourire ou en nostalgie. Deux moyens d'expression qu'elle manie avec grâce et si intensément qu'elle est passée à côté d'autres choses naturelles de la vie. Aimer, par exemple et vivre simplement sa vie de femme, d'amante et de mère.

Elle ne maîtrise pas cette discipline comme la plume ou le pinceau ! Aimer ! C'est un sport à se briser les ailes, à se brûler l'âme jusqu'à se renier soi-même, jusqu'à regretter d'être venue au monde, mais c'est aussi le sentiment le plus merveilleux qui soit.

Sur sa palette aux multiples talents, il manquait les couleurs essentielles, celles de la vraie vie et de l'amour. Pour cette œuvre colossale, elle n'a jamais trouvé le bon mélange ! Associer la terre de Sienne brûlée à un ocre ou un carmin pour un crépuscule ou un soir d'été, elle sait !

Mettre une touche de bleu pâle avec un doigt de rose tendre et un soupçon de mauve pour un matin clair légèrement brumeux, elle peut !

Ajouter à un rouge vif, une pointe d'orangé et de jaune d'or pour un coucher de soleil, elle veille jusqu'à l'aurore… Mais pour mettre en son cœur un rayon de bonheur, elle ne savait pas. Et découvre à présent que même l'imagination la plus fertile ne peut trouver de couleur ni de saveur égale à celle de l'amour partagé.

Ses toiles aujourd'hui ont pris un coup de gris, de sombre et de mélancolie. Mais les sentiments d'amour – même à cœur perdu – ne transcendent-ils pas le talent pour le rendre encore plus vrai ?

Avant cette authentique révélation, Geneviève n'était pas touchée par cette grâce, hélas… ! Elle n'avait jamais rencontré l'amour !

* * *

L'homme avec lequel elle aurait pu vivre – elle avait déjà une quarantaine d'années – était un être exceptionnel d'intelligence et de bonté. Un diplomate qu'elle croisa lors d'une exposition de peinture à Abidjan en Côte d'Ivoire. C'était un homme merveilleux, il avait tout pour lui. « Trop même », comme disent les Ivoiriens avec cet accent typique et si agréablement fleuri. Eh, oui ! « Elle a gagné la chance », autre expression africaine. C'est ce que tout le monde lui disait alors. Gagné la chance peut-être mais pas celle d'aimer !

Fils de Colonel, Pierre-Henri de Beaugrenelle – qui lui non plus n'avait pas connu son père biologique, mort à la guerre – fut adopté et élevé par le second mari de sa mère, un autre Colonel. Ce père adoptif était également un homme de grande valeur. La maman de Pierre-Henri devait chanter quand elle était jeune : « J'aime les militaires, j'aime les militaires... »

Pierre-Henri avait toutes les qualités requises pour être un bon mari. Amoureux, il l'était profondément, mais le destin n'en fait qu'à sa guise.

Ils voyageaient tous deux beaucoup et parcouraient le monde. Diplomatie oblige ! De palace en palace, la vie de la jeune femme qu'elle était encore ressemblait à un conte de fées. Il la comblait de cadeaux plus somptueux les uns que les autres. Il était aux petits soins pour son idole. Hélas, Geneviève ne l'aimait pas d'amour. Elle le respectait et l'admirait. L'admiration n'est-elle pas un premier pas vers l'autre ? Il était patient, compréhensif, indulgent, prévenant, tendre et généreux. Ce qui ne gâtait rien, il était en plus très érudit. Il avait conscience de ses qualités et pour cette raison, il n'en était que plus modeste.

Cependant, il se montrait parfois un peu précieux dans ses gestes et dans sa façon de s'exprimer. Cette pointe de pédantisme était due sans doute plus à sa classe qu'à sa particule.

Geneviève, sensible aux valeurs réelles de son compagnon, était mal à l'aise, elle aurait pu l'aimer, elle aurait du l'aimer !

Elle avait néanmoins accepté de l'épouser. C'était décidé, ils se marieraient au retour de la future épouse restée à l'hôtel Téranga à Dakar. Une petite semaine de repos pour enterrer en quelque sorte sa vie de célibataire prolongée, mais pas endurcie.

La veille de son retour sur Paris où ils vivaient dans une de ces tours du front de Seine, dans un immense appartement du plus chic, au treizième étage, perdu dans le ciel de la capitale. Geneviève apprend qu'il vient de mourir d'un œdème aigu aux poumons, provoqué par un infarctus. Il n'a pu être ranimé.

Pierre-Henri de Beaugrenelle n'est plus !

Geneviève Lafarbe se retrouve à nouveau célibataire, veuve avant le mariage. Elle retourne à ses pinceaux, à sa plume et à ses rêves. Elle a retrouvé sa famille, papa, maman et son chien Sirius.

De romans en expositions, de fables en galeries d'art, elle fonce et se noie farouchement dans l'action, dévorée d'ambition. Enfin, elle rencontra l'homme excessif et jaloux qui brisa sa dernière tranche de vie ; l'homme au revolver, le buveur de pastis.

Elle fit bien d'autres connaissances au cours de ses nombreux voyages mais à chaque essai non transformé, elle ne pouvait s'empêcher de faire des comparaisons. Aucun des prétendants au titre d'élu n'a réussi à passer le test de façon concluante.

Tel fut le destin de cette orpheline de l'amour. Déjà très jeune, son premier soupirant a trouvé la mort dans un accident de la route après avoir échappé à la dépression nerveuse qu'il contracta à cause de la belle Geneviève qui lui refusait ses faveurs. Un autre prétendant, amoureux transi, un charmant garçon qui éveilla en elle un soupçon de désir, s'est tué en moto à l'âge de 19 ans.

Plus tard, elle eut un amant dont elle pensait être éprise, un espoir déçu, elle croyait l'aimer comme souvent… Cet espion venu du froid, un géant aux yeux verts et à la barbe noire, si grand qu'il devait être agent double ! Cet aventurier a trouvé la mort, un jour, quelque part en Iraq !

Quelle hécatombe autour de cette femme au pouvoir incendiaire, dira plus tard, beaucoup plus tard, Alex Debussy, le Colonel aux yeux bleus.

Décidément, le destin poursuit l'écrivaine avec scs « histoires de cœur » brisés !

Geneviève restera seule après avoir été abandonnée à son triste sort par Alex Debussy, l'homme de sa vie. Elle s'est jurée à elle-même de ne jamais laisser s'installer entre eux l'oubli ou l'indifférence. Il lui a ouvert les yeux sur l'amour. Elle ne laissera pas ces liens précieux se défaire par le temps ni les sentiments – combien même d'amitié – s'évanouir dans l'espace.

* * *

L'orpheline de l'amour pensait être arrivée au paroxysme de la douleur quand une terrible nouvelle vint l'ébranler à nouveau…

Quel miracle pourrait bien se produire pour mettre fin à son calvaire ?

Comme chaque soir après une journée accablante de souffrance, diluée dans la monotonie et le désintérêt total des choses de la vie, elle ne trouve pas de répit.

Chaque jour qui finit accentue sa peine. Elle cherche l'oubli dans le sommeil qui la prend, tant elle est épuisée de chagrin. Comme le jour qui s'achève, elle meurt au coucher du soleil, en espérant ne plus se réveiller, ne plus penser, ne plus pleurer ! Dormir et rêver, c'est tout ce qui lui reste.

A la veille du 26 mai 2006 (une date qu'elle n'oubliera jamais), c'est la gorge serrée, les yeux mouillés de larmes, l'estomac noué, sa main droite étreignant la gauche comme pour se rassurer, qu'elle s'endort enfin.

Elle s'invente une maman qui la réconforte… Elle se dédouble, elle se multiplie… Elle s'adresse à elle-même comme à une petite fille qui a besoin qu'on l'aide, qu'on l'aime… Que l'on vienne à son secours !

Le sommeil l'a surprise ce soir-là au cœur de son délire… Un sommeil si profond que même son désespoir aurait pu s'y noyer…

Chapitre 9
Dédicace

Aux Sables d'Olonne, la perle de la côte de lumière en plein cœur de la Vendée, la petite place avec sa jolie fontaine semble sortie tout droit de l'imagination d'un romancier-poète pour y rafraîchir ses personnages, en ce 28 juin caniculaire.

Tout autour du jet d'eau qui retombe en cascade dans un murmure incessant de source claire, un rebord en pierre, façon marbre, invite les âmes au repos, à la méditation et à la bonne humeur.

Un théâtre à ciel ouvert, avec ses terrasses fleuries, ses parasols multicolores et ses boutiques de souvenirs qui attirent les plagistes en mal de soleil et d'air iodé.

Alentour, un dédale de petites rues étroites et typiques et encore des boutiques aux étalages chargés d'objets hétéroclites et autres curiosités du terroir. Des marchands de vêtements et colifichets en tout genre ainsi que des caves à vins où l'on déguste des spécialités de la région, comme le pineau des Charentes ou la Trouspinette qui se boit comme du petit lait.

Toutes ces rues et ruelles pittoresques mènent à cette charmante place, à ce havre de convivialité où la vie palpite en cette fin de matinée, en ce début d'été, qui promet d'être chaud.

A la Librairie Centrale, tout est déjà prêt pour la dédicace collective qui commencera dans une petite heure. Trois tables sont dressées. Deux contre la première vitrine à l'extrémité gauche – face au jet d'eau – et une troisième de l'autre côté de la porte d'entrée, à l'extrémité droite contre la seconde vitrine, en face du Café la Fontaine.

Au-dessus de chaque table, des affiches bien en évidence sont scotchées sur les vitres, montrant les œuvres des auteurs, quelques photos et des biographies, ainsi que des articles de presse valorisant les écrivains. Tous trois vendéens d'adoption venus signer leur dernier roman en vente à la Librairie Centrale, la plus cotée de la ville pour avoir reçu des auteurs célèbres et médiatisés de Paris et d'un peu partout en France.

Sur la première table – là où le soleil envoie ses UV avec force sur la petite nappe jaune, où est posé un joli vase contenant quelques fleurs résistantes aux rayons de l'astre roi – un press-book est déjà ouvert sur la page qui nous convie à découvrir l'auteur et le personnage attendu : Mademoiselle Geneviève Lafarbe.

Sur la deuxième table, une nappe toute blanche qui paraît grise à l'ombre du parasol mauve qui protègera l'écrivain – historien qui va venir présenter son quatrième roman – un concerto en mineur, un retour sur le passé tout en sépia, en interrogations et un épilogue aux couleurs de la résurrection.

Le Général Alex Debussy en personne.

Rien encore sur la nappe, ni fleurs ni press-book, aucune fioriture ni signes extérieurs de gloire ou d'honneur. Seulement une veste en lin, bis, posée négligemment sur le dossier de la chaise et un petit foulard bleu pâle qui devrait s'harmoniser à merveille avec ses yeux clairs.

Alex Debussy n'est pas très loin. Il attend en regardant sa montre l'heure donnée à ces messieurs les représentants de la presse locale, Ouest-France, Vendée Matin, le Courrier Vendéen, le Journal des Sables, sans oublier TV 102, la télé qui bouge, l'antenne au vent, perdue dans la brousse de la Vendée profonde, mais qui résiste aux tempêtes et aux agressions climatiques et autres.

Isolée ou presque, à l'écart, peut-être pour marquer l'insolite du troisième personnage, la plus grande table –

juste à la droite de l'entrée principale – est chargée de coupures de presse, d'articles élogieux, de critiques acerbes en gros caractères qui sautent aux yeux et à l'esprit. Là aussi, tout est prêt pour l'arrivée redoutée de cet auteur particulier qui suscite l'intérêt et la curiosité de tous. Il semble être le point de mire, le clou de la signature, le pôle d'attraction de la dédicace du jour.

Qu'est-ce que cet homme vient faire avec ces pamphlets quasiment sataniques dans une région paisible et sans problème politique majeur ? Il a consciemment choisi la Vendée, propre, saine, sans pollution physique, ethnique ou morale… Enfin, une contrée où il fait bon vivre ! Il présente aujourd'hui au public un roman qu'il a eu le temps d'écrire en prison, condamné pour diverses actions malsaines, de nombreux délits racistes, discrimination, antisémitisme, profanation, xénophobie. Tout un palmarès qui fait frémir.

Cet odieux personnage suivi par les médias – pour ne pas dire encouragé – n'a pas eu à galérer beaucoup pour obtenir l'édition de son autobiographie de malfaisant, vu la consistance de son œuvre, toute en révolte, en truculents récits vécus, en croustillantes histoires sur une actualité brûlante et ciblée.

Comme une star, le célèbre auteur se prépare dans l'arrière-boutique, à l'abri des curieux et des journalistes prêts à lui sauter dessus et le bombarder de questions.

Un taulard écrivain presque aussi populaire que l'Abbé Pierre, c'est honteux ! Mais ne sommes-nous pas en démocratie ? « Démocrasseuse » serait le mot juste… Ah ! L'espèce humaine est insondable.

Geneviève Lafarbe est attendue elle aussi pour ses livres qui chantent, pour ses fables qui font rêver, pour ses poésies tout en fraîcheur, en utopie et en philosophie. D'un côté le crime qui paie, de l'autre l'innocence et le talent qui ne rapporte pas grand-chose mais qui réconcilie avec l'humanité.

Chapitre 10
Les retrouvailles

Geneviève Lafarbe vient d'arriver. Elle est entrée par la rue de la Caisse d'Epargne qui donne sur l'arrière de la librairie. Elle traverse le magasin en passant par les bureaux.

Une petite exposition de ses toiles est prévue pour l'occasion. Celles-ci sont restées dans sa voiture garée dans l'impasse, l'allée des Garages. Geneviève a déchargé les tableaux prêts à être installés à l'intérieur de la boutique, sauf une toile un peu plus grande, représentant un coucher de soleil sur le remblai, qui sera exposée sur le carrefour du Centre, afin que tout le monde puisse l'admirer.

Elle sera à l'honneur sur un chevalet et servira de fond d'écran à la télé du pays lors de l'interview filmée. Les préparatifs ainsi terminés, Geneviève retourne à sa voiture dans la voie sans issue et remarque qu'elle est bloquée par une fourgonnette aux vitres teintées. Ce véhicule l'empêche carrément de sortir, mais qu'importe puisque la dédicace ne se terminera pas avant 13 h 30.

Tout de même, il a du culot celui-là. Elle jette un coup d'œil sur la plaque minéralogique. « Région parisienne », ils se croient tout permis ces banlieusards ! Ce véhicule lui semble louche mais elle oublie cet incident et remonte la rue Béhic, presque une ruelle, qui longe la librairie. Elle se dirige vers la petite table au vase fleuri où elle dépose quelques documents.

Elle est fébrile, son cœur bat à tout rompre, elle sait que dans quelques instants elle va revoir Alex. A part quelques contacts téléphoniques pour mettre au point les détails de cette journée littéraire, elle ne l'a pas revu depuis de longs mois et encore, ce n'était que dans des endroits publics, lors de cérémonies, de cocktails ou autres manifestations mondaines, où il était accompagné de personnalités marquantes ou bien occupé à faire un discours circonstancié pour une sortie de promotion dans une école de Gendarmerie.

Elle était tellement stressée qu'elle n'a même pas eu le temps de prendre son petit-déjeuner tant elle tournait dans sa cuisine, affolée et émue d'avance à la pensée de le retrouver en tête-à-tête, enfin presque.

Madame « Haut-Débit » doit sans aucun doute l'accompagner.

Il reste encore plus d'une demi-heure avant la mise en place, elle décide donc d'aller directement au café « La Fontaine » pour y prendre un thé au lait et un croissant.

Elle reste un instant comme pétrifié. Alex est assis à la terrasse et la regarde déambuler. Elle s'arme alors d'un large sourire qu'elle arbore à l'instant même où elle l'aperçoit, comme si elle voulait dissimuler son émotion et paraître à l'aise et décontractée. Elle quitte son masque d'inquiétude pour le visage d'une femme heureuse de vivre.

Elle est vêtue d'un tailleur blanc cassé, bien coupé, légèrement cintré pour mettre en valeur sa taille restée fine. Elle porte un corsage vert pâle qui s'harmonise avec la couleur de ses yeux.

Ses cheveux châtain aux reflets auburn tombent sur ses épaules en vagues souples.

Son maquillage discret révèle une carnation naturellement saine pour une femme qui a atteint le demi-siècle mais qui garde l'allure jeune et l'esprit alerte.

La beauté de son âme rend son physique encore plus agréable. Elle est toujours aussi séduisante et même peut-être davantage.

Son teint hâlé au soleil de juin ressort d'autant plus avec cet ensemble clair qui lui va à ravir.

Alex semble troublé par cette apparition. L'arrivée de la femme qu'il connaît pourtant depuis de longues années vient à nouveau de l'émouvoir. Il ne le montre pas et lui sourit tendrement.

— Tu es magnifique, lui dit-il. Comment vas-tu, après tout ce temps ? bredouille t-il.

Il aurait voulu trouver quelque chose de plus profond, disons de moins banal mais comme à chaque fois qu'il est en sa présence, il se sent terriblement intimidé.

— Ca va, lui répondit-elle, cela fait si longtemps, et toi, quelles nouvelles ? Comment vont tes affaires là-bas, dans ton nouveau pays ?

— Bien, bien, je ne sais pas si je resterai, on verra, j'ai perdu mes repères et je pense revenir un jour ici. Je ne me vois pas vivre ailleurs, dit-il d'un air rêveur... Mais ça va, ça va, la vie, quoi !

Sans plus de commentaires, ils se levèrent et gagnèrent leur table respective en continuant à se sourire. Ils étaient visiblement heureux de se retrouver.

— Et ton amie, elle n'est pas avec toi ?

A peine Geneviève avait-elle posé la question que la réponse tombait, sèche et sans appel.

— Elle a trop à faire avec notre installation. Et puis le voyage est fatigant, je suis venu avec ma fille qui viendra me rejoindre tout à l'heure. Tu comprends, avec mon cœur, je ne peux pas conduire sur de longs trajets. Ah ! Il se fait vieux, le Général, ajouta t-il en riant.

Chapitre 11
« Les couleurs du mal »

Pendant que Geneviève et Alex étaient au Café la Fontaine, l'auteur des pamphlets racistes s'était installé au milieu de ses documents et clichés scandaleux. Son livre porte un titre d'ailleurs non moins scandaleux – « Les Couleurs du mal » – et son prologue commence ainsi :

> « J'en ai vu de toutes les couleurs dans ma zone, des jaunes, des noirs, des gris, des gais, des nez crochus et même les blancs n'étaient du coin !
> Dans ma banlieue – un vrai ghetto – j'ai souffert l'enfer au quotidien, parmi ces chiens galeux d'étrangers qui m'étouffaient et me spoliaient de mes droits de bon français… Ca grouille de racaille dans mon quartier mais un jour, quand je serai quelqu'un, je ferai le ménage ! Un grand coup de balai, un bon coup de pied au cul à ces mangeurs du pain blanc des blancs de chez nous ! Qu'ils rentrent dans leurs foutus pays d'où ils n'auraient jamais du sortir. »

Il continue comme ça dans tout son bouquin. Invraisemblable !

Encore un autre trait de son génie :

> « La tour de Babel, c'est chez moi, à deux pas entre la boutique de Mohamed, la caverne d'Ali Baba et le merdier du père Cohen qui brade tout ce qu'il a volé aux goys. »

Un genre de littérature qui révolterait n'importe quel esprit tolérant. Il y a quelques passages un peu plus nuancés sans doute sous l'influence d'un « nègre » avec lequel il pactisait pour la bonne cause, because la sortie de son chef d'œuvre !

Tout était prêt pour cette signature qui sentait la polémique et l'indignation.

Heureusement que chacun gardait ses distances et restait dans son monde clos, dans sa bulle. C'est au public de choisir son camp et d'aller là où il pense trouver ce qui correspond à sa nature, à ses goûts. Il faut de tout pour faire un monde, et la diversité n'est-elle pas nécessaire ? Les empêcheurs de tourner en rond, on les ignore !

Geneviève et Alex sont en place et discutent déjà avec les clients de la librairie qui s'arrêtent, observent et s'approchent timides mais curieux. Certains prennent le livre en main, tournent les pages qu'ils parcourent en diagonal en s'attardant sur un chapitre ou un autre. Ceux qui lisent les dernières phrases jusqu'au mot fin n'ont pas l'intention de l'acheter. Que deviendrait le suspens ?

Geneviève jette un regard de temps à autre, à la dérobée, sur Alex et à chaque fois son cœur reçoit une décharge d'émotion. Le Général n'est pas insensible à l'attention qu'elle lui porte et répond à ses appels par une coloration immédiate de son visage. Il semble alors manquer de respiration et esquisse un sourire entendu.

Alex a refait sa vie, c'est vrai. Il aime ailleurs, sans doute, mais le trouble persiste quand il revoit sa petite rose des Sables, son petit taureau fonceur, sa « Dame aux Camélias » - ce sont les fleurs qu'il lui avait cueillies et offertes pour leur première rencontre au bar de l'Océan. Aujourd'hui, quatre ans après cette symphonie inachevée, la magie s'installe à nouveau en festival de souvenirs fugaces, de sourires échangés, comme si c'était la première fois.

Et s'ils s'étaient trompés tous les deux ! Elle l'attire toujours autant, cette femme-fée au sourire panoramique. Elle l'étonne encore par ce talent qu'elle a de savoir sans cesse se renouveler.

Son désir pour elle, inassouvi, se réveille, ses sens sont en effervescence en sa présence, c'est fou ! Que se passe-t-il ? Pourtant, quatre années auraient dû effacer tout ça ! Il vit en couple à présent, avec une « gentille » femme qui comble tous ses désirs. Ils s'aiment à « haut-débit » et raisonnablement aussi, et rien ne devrait les séparer, sinon la mort ! Il faut croire qu'un amour brûlé avant d'être consommé ne se remet pas de ses cendres et qu'il reste encore une étincelle qui ne demande qu'à s'embraser !

Alex brandissait pourtant le drapeau de la raison aussi fermement que le sabre pendant les défilés officiels. Un drapeau qui devait flotter au-dessus de son nouvel horizon. Geneviève n'était qu'un rêve évanoui à peine formulé.

Une trop belle femme. Une princesse devenue reine et il ne se sent pas l'âme d'un prince, encore moins celle d'un roi. Il a choisi la soubrette pour une vie modeste, et préféré la réalité à la fiction.

Chapitre 12
L'affaire Dupont

« Reprends-toi mon garçon, ton destin est tout tracé », se dit Alex en lui-même, qui voudrait commander à son cœur ce que sa raison lui suggère. Il décide d'adopter une attitude d'homme inaccessible.

Il doit se montrer imperméable aux mimiques de Geneviève pourtant si attendrissantes. Comment un homme normalement constitué peut-il souffrir d'être aimé ? C'est en général plutôt flatteur. Et que peut faire une femme amoureuse d'un homme qui la rejette sinon le reconquérir, ou bien apprendre à l'aimer autrement, dans l'absolu ?

La pauvre Geneviève, sacrifiée sur l'autel de l'amour impossible, pourquoi ne veut-elle pas comprendre qu'il en aime une autre ? Il est définitivement casé, il n'existe plus pour elle, même si dans son regard, elle croit voir encore danser la flamme du désir, elle se trompe ! En fait, elle ne le montre pas mais elle est dévorée par la jalousie. Elle envie cette femme qui a su gagner le cœur de celui qu'elle portait aux nues, celui qui aurait pu faire son bonheur. Elle voudrait être cette femme !

Combien de fois, elle a imaginé sa rivale dans les bras d'Alex, ils s'aimaient, ils riaient, c'était intolérable ! Elle gémissait sous ses caresses et… comment supporter ces visions ? Comment ne pas haïr cette voleuse d'amour ? Ne devrait-elle pas l'accepter au contraire, puisqu'elle fait son bonheur ? Elle voudrait se substituer à elle, prendre sa place virtuellement. Il lui est arrivé de vouloir se fondre en elle, celle qu'il embrasse, celle à qui il fait l'amour ; elle aimerait se noyer dans une de ses larmes pour qu'en l'embrassant, il la recueille, en perle de chagrin.

Les sentiments sont comme les valeurs en bourse, ils fluctuent, à la différence qu'ils ne s'achètent pas. Ils sont souvent contradictoires et à la banque de l'amour rien n'est épargné, on capitalise plutôt les désillusions, les rancœurs et les échecs. Les pourcentages et les intérêts se paient en monnaie de singe, en grimaces. Lorsque les sentiments sont à la baisse, l'amour dévalue, il n'y a pas de découvert et tout se solde par une faillite affective, c'est la banqueroute sentimentale.

Alex est tranquille, Ordine est une bonne gestionnaire, c'est une femme qui compte pour lui. Madame « Haut-Débit » s'occupe des chiffres et lui des lettres. Les taches sont bien réparties, cependant Alex semble encore prisonnier des valeurs sentimentales qu'il a virées sur un compte bloqué dont il a jeté la clé avec ses souvenirs. Il aimerait se débarrasser de ces satanées pulsions, de ce réveil sentimental qui sonne à la minute même où Geneviève apparaît dans sa mémoire ou dans ses rêves. Aujourd'hui, elle est là, tout près de lui ; chacun à la merci des sentiments qu'il nourrit pour l'autre.

Deux bulles qui ne demandent qu'à fusionner. Là encore, la raison vient le mettre en garde. Il a choisi le confort et la quiétude.

Ses sentiments sont bien rangés dans la boîte à secrets qu'il a fermée à double tour. Il vit au ralentit sous le ciel de traîne de ses tempêtes affectives où s'alternent quelques passions velléitaires qui jaillissent parfois entre deux ronrons. Geneviève a-t-elle encore une place dans le cœur de cet homme qui la subjugue ?

Un petit groupe s'avance à la hauteur de la table d'Alex Debussy. Quel nom illustre pour un homme de génie qui joue avec les mots comme son célèbre homonyme jonglait avec les notes pour en faire des œuvres inoubliables. Que ce soit sur le clavier d'un piano ou celui d'un ordinateur, le talent de l'auteur ou du compositeur se mesure en inspiration, en ondes créatrices, en âmes torturées et en pensées profondes. Deux couples s'approchent de l'historien-poète. A la coupe de cheveux de ces messieurs et à la sobriété des tenues de ces dames, Geneviève pense qu'il s'agit de gendarmes en civil. Ils se congratulent et partent dans une conversation animée. Alex à l'air heureux, il sourit et signe ses bouquins à tour de bras.

Dans son univers, tout au bout à gauche de l'entrée, l'écrivain de pacotille, le scribe du cachot noir, qui a trempé sa plume dans de l'acide tel un serpent crache son venin, plastronne en parlant à voix haute tout en gesticulant comme un animateur de foire.

Il a pondu un roman, ou plutôt un ramassis de vécus sordides avec ses faux remords et ses tristes expériences, mais les âmes les plus perverses n'ont-elles pas le droit, elles aussi à l'expression sinon à l'absolution ?

L'individu est pris d'assaut par la presse. Il répond à l'avalanche de questions des journalistes friands d'informations inédites, d'histoires croustillantes qui ne manqueront pas de faire la une des journaux locaux dès le lendemain. Ce n'est pas si souvent qu'ils couvrent un évènement qui sort de l'ordinaire.

François Dupont, c'est le pseudonyme qu'il s'est choisi pour signer son « œuvre ». Quand on s'appelle Marcel Weinderguten, on ne peut revendiquer être un français pur jus. C'est, lui semble-t-il, plus en adéquation avec sa mission : protéger les minorités blanches en voie de disparition.

Le sourire aux lèvres, l'air suffisant, il est fier de ses exploits, notre héros du jour assailli par les médias. Il est littéralement mitraillé de photos et par les regards hostiles des autochtones qui vont et viennent, le journal du jour à la main. Certains passent devant lui indifférents, d'autres lui jettent un œil méprisant, réprobateur ou indigné.

Alex tout comme Geneviève n'étaient pas très chauds pour participer à cette signature de concert avec cet individu persona non grata mais pour l'un comme pour l'autre, c'était les seules dates possibles, en tenant compte de leur emploi du temps respectif.

Les patrons de la Librairie Centrale étaient eux aussi réticents à l'idée de recevoir cet invité surprise ; ce François Dupont est une grenade dégoupillée à manipuler avec prudence. Une bombe à retardement. La réputation de la librairie risque d'être entachée par la visite de cet énergumène. L'éditeur du Monsieur a bataillé ferme pour obtenir la dédicace dans ce haut lieu du monde littéraire sablais. Il n'est manifestement pas le seul à avoir écrit durant sa détention, c'est un phénomène de mode. Il y a tellement de gens qui écrivent un peu n'importe quoi et qui se prennent pour des génies. Il en est même qui se ruinent pour publier leurs mémoires. Laisser des traces dans l'Univers littéraire, c'est à la portée de tous. Il y a aujourd'hui autant de livres au royaume des lettres que d'étoiles au firmament. Des galaxies d'œuvres médiocres, des biographies insipides, des faux talents, une flopée d'inepties dans les bacs et parmi tous ces torchons de papier perdu, quelques rares joyaux brillent et s'illustrent au ciel littéraire.

Alex connaît bien l'affaire Dupont, alias Weinderguten, il lui est arrivé de mener des enquêtes délicates lorsqu'il était commandant dans des gendarmeries de province, il devait résoudre des énigmes complexes. N'était-il pas également un expert en criminologie avant de s'élever dans les sphères étoilées de l'Institution ? Il y a de quoi hélas s'insurger devant le laxisme des juges et de la justice en général, pense Alex, quand on voit sortir de prison un individu du genre de ce pseudo romancier, condamné à dix ans de réclusion pour des faits graves, libéré pour bonne conduite après cinq années dans des conditions de détention privilégiées. Il a bénéficié d'un régime de faveur vu ses appuis politiques et médiatiques dus à son grand talent d'écrivain révélé et reconnu au point qu'il est aujourd'hui presque aussi célèbre que l'épouvantable Céline. Un scandale !

Des circonstances atténuantes, son avocat (du diable) bien sûr lui en a trouvé. Il est né et a grandi dans un quartier chaud de la banlieue parisienne. C'était un exclu, un opprimé, un pauvre petit garçon issu d'un milieu modeste. Un extraterrestre dans une jungle aux mœurs barbares, entouré de sauvages à peine civilisés. Il était un des rares spécimens, un pur blanc, français de souche, perdu au milieu d'enfants noirs, jaunes, bronzés… Des bougnoules et des youpins, comme disaient ses parents atrocement racistes.

Ses petits camarades de la tour de Babel l'insultaient, le tenaient à l'écart, il était en somme lui-même victime d'un « teintpâlisme » acharné. Il pleurait souvent dans son coin. Jeune homme, il mûrissait déjà sa vengeance, secret, solitaire, son regard tourné en dedans de lui-même. Il avait l'âme aussi noire que la peau de ceux qu'il haïssait par atavisme. Il rêvait de les écorcher vif comme il le fut durant toute son enfance et son adolescence.

Adulte, sa haine s'affirmait et sa révolte débordait de sa petite cervelle d'oiseau de mauvais augure, qui ne pensait qu'en projets de revanche sur la vie pitoyable qu'il a vécue. Alors, il entre dans l'antre de la monstrueuse machine à liquéfier les neurones : l'intégrisme racial aux déclinaisons multiples… sectarisme en tous genres, sexisme, xénophobie, antisémitisme débridé et toutes les formes de l'intolérance.

Il milite avec d'autres meneurs de son acabit, il participe à des ratonnades organisées, des profanations de tombes dans des cimetières juifs, il s'associe avec des groupes néo-nazis, tout lui est bon pour lutter contre l'exclusion de la minorité blanche des quartiers cosmopolites.

Il aurait participé à un lynchage d'émigrés clandestins noirs après avoir soutiré de ses malheureux des sommes astronomiques pour payer leur passage sur des rafiots pourris jusqu'aux terres promises.

Il a un palmarès impressionnant d'actions criminelles mais le plus odieux de ces crimes… Il serait un des auteurs présumé d'un viol collectif sur la personne d'une jeune Asiatique venue se perdre loin de son Chinatown pour y rencontrer des amis au cœur de cette fameuse banlieue malfamée où sévissait François Dupont.

Sa culpabilité ne fut jamais prouvée totalement mais sa bande de délinquants fut démantelée et ses petits copains l'ont dénoncé sans aucun scrupule. La jeune Asiatique fut retrouvée morte dans un local poubelle, les membres brisés, le visage tuméfié, les dents cassées. A la place du sourire, une horrible grimace, ses yeux, deux plaies béantes sur une vie qu'elle a quittée dans l'horreur et la souffrance.

On retrouve cet homme abject en bonne santé, assis à une table en face de journalistes qui se ruent sur lui comme des fans sur une idole.

Il est là, sûr de lui, même arrogant, il se sent protégé, hors de danger dans une société où les bourreaux deviennent victimes et où les vraies victimes ne sont pas toujours vengées comme elles devraient l'être. Pourtant, il doit en avoir des ennemis, ne serait-ce que les parents de cette malheureuse fille qui, parce qu'elle avait les yeux bridés, fut assassinée au pays de la Liberté !

Et les gamins de son quartier, ils ont grandi depuis et la haine appelle la haine !

Il est là, son roman à la main, clamant son innocence à travers un récit où il retrace sa misérable vie aux prises avec les envahisseurs… !

Chapitre 13
« Un amant de papier »

Geneviève et Alex ont un point commun, l'incoercible besoin d'écrire. La même passion les anime, ils aiment à se raconter. Ils pourraient se confier l'un à l'autre mais non, ils préfèrent passer par l'intermédiaire des mots avec lesquels ils se sentent plus à l'aise.

Leur pudeur, leur peur, leur orgueil et leur grande timidité les font se retrancher derrière les lettres, les messages où ils cachent leurs sentiments profonds.

Ils ne manquent pas de franchise mais la parole en direct peut corrompre leurs pensées alors que les écrits savent toucher, blesser parfois, mais aussi apaiser, apporter l'espoir et le bonheur sans pour autant rompre le charme. Une porte ouverte sur le rêve et l'imagination.

Ils envoient en avant-garde leurs soldats armés d'éloquence, de lyrisme, d'arrogance, de romantisme et d'amour. Des régiments de conquérants, en batailles rangées, prêts à l'assaut, la pointe de leur plume aiguisée, le tranchant de chaque mot prêt à piquer droit au cœur.

Par livres interposés, ils se livrent sans danger. A chacun de deviner où est la vérité ?

Que représentent les romans, les biographies, pamphlets et autres témoignages des vécus humains qui ne soient pas éducatifs, scientifiques, historiques et de surcroît poétiques ?

Rien que des histoires que l'on dévore si elles sont passionnantes, ou que l'on laisse sur un coin de la table de nuit ou encore que l'on remet à leur place dans les rayons de la bibliothèque.

Les romans sont comme des femmes faciles, des amours passagères, des maîtresses de vacances, des fiancés d'un jour avec lesquels on fait l'amour avec les yeux, le cœur et l'esprit.

Le roman. Un amant de papier. Dans sa trame, on vit des drames ; l'encre et les larmes se mêlent aux âmes et l'on s'endort parfois encore en le serrant tout contre soi. Puis il tombe durant la nuit et à l'aurore au pied du lit, il n'est plus rien que des mots creux qu'hélas on oublie peu à peu.

Lorsque l'on songe au temps qu'il faut avant de l'offrir en partage, combien d'amour au cœur des mots, au fil des phrases, de page en page ?

Combien de force et de courage et de la suite dans les idées pour écrire tout un ouvrage et que s'envolent les pensées qui vagabondent jusqu'à nos yeux ? Pour qu'elles s'impriment en nos mémoires en rêves doux et merveilleux, prose frivole, le temps d'un soir ?

Comme un bon plat que l'on prépare avec un soin particulier, écrire est vraiment tout un art où l'on s'investit tout entier.

C'est un mets que l'on concocte avec doigté, avec passion. Les ingrédients, des sauces fortes, en virulence, en émotion.

C'est un dîner tout en flagrances qui mijote dans nos cerveaux, ça nous avale la substance à chaque page, de mots en maux.

Pour arriver entre vos mains, de votre index à votre langue, vous dégustez le parchemin en l'humectant juste sur l'angle.

Vous en ingurgitez les lignes comme un glouton devant l'assiette et vous vous nourrissez des signes tout comme un ogre se délecte.

Geneviève s'est échappée un instant de sa prose comme l'oiseau de sa cage et c'est ainsi qu'elle vous propose ces quelques rimes sur cette plage, offerte à la littérature pour simplement lui rendre hommage… Et se poursuit notre aventure au fil de « L'amour en otage »…

* * *

Il est onze heures trente, il y a foule à la Librairie Centrale. L'heure de pointe est prévue à midi et demi. La dédicace prendra fin aux environs de treize heures.

Sur la placette, les enfants jouent autour de la fontaine, courent sur le rebord en pierre, s'éclaboussent en poussant des cris joyeux. Il fait si beau et chaud que certains sont au milieu de la cascade avec de l'eau jusqu'aux cuisses. Ils prennent carrément une douche sous l'agréable rideau liquide !

Les badauds sourient en passant, C'est les vacances, la vie est belle !

Chapitre 14
PQJSF
« Pour Que Justice Soit Faite »

La jeune personne qui vient de s'asseoir à la terrasse du Café la Fontaine a ce charme indéfinissable de l'Eurasienne. Ses longs cheveux lisses et brillants sont remontés en un petit chignon strict mais on imagine sans peine son joli visage entouré de cette magnifique parure d'ébène qui retombe sur ses épaules dorées, mettant en valeur sa beauté sauvage. On la croirait sortie d'un conte exotique. Une vraie princesse extrême orientale !
« Regarde maman comme est belle la dame ! » s'exclame une petite fille assise à la table voisine en sirotant son diabolo fraise. Elle plonge sa paille jusqu'au fond du verre en aspirant bruyamment, ce qui agace les clients, ça casse l'ambiance !

Thiya est ailleurs, elle ne réagit pas à la remarque, laquelle habituellement l'aurait fait sourire, flattant son ego. La jeune fille a d'autres préoccupations, elle paraît anxieuse mais déterminée.

Ses yeux scrutent chaque scène de la vie qui trépide tout autour. Elle semble plongée dans un monde parallèle. Son portable collé à son oreille, elle ne parle pas, elle est à l'écoute et à son expression, on sent bien qu'il y a quelqu'un à l'autre bout de l'onde.

Un homme vient la rejoindre et s'assied à ses côtés sans dire un mot. Un grand gaillard à la tignasse rousse, aux yeux de jade, le visage hâlé par le soleil du pays où coulent le lait et le miel. Rafi rentre d'Israël, il a rejoint la capitale où il exerce son métier de professeur de langue hébraïque dans un centre communautaire.

Il remet son mobile dans son étui et sans bouger la tête, jette un regard circulaire pour évaluer l'assistance. La fillette curieuse continue d'observer le manège.

La jeune Asiatique se lève et se dirige vers les toilettes, elle reprend son téléphone en main, compose un numéro et disparaît dans le fond du café.

Rafi reste seul à la table. C'est un homme robuste, musclé, la petite quarantaine, originaire d'un kibboutz dans le sud du pays. Officier de Tsahal, il vit à Paris mais retourne fréquemment au pays de ses ancêtres les hébreux pour se ressourcer. Ses parents vivent dans la banlieue parisienne, partagés entre leur patrie juive et la France. Rafi préférait retrouver ses racines et vivre en pleine nature au milieu des orangers et des forêts d'eucalyptus.

Il rencontra une parisienne en vacances qui cueillait des oranges dans son village. Il en tomba très amoureux, elle le ramena dans ses bagages jusqu'au mariage ! Ils vivent à Créteil tout près de la maison des parents de Rafi où il enseigne les langues de Moïse et de Jésus, l'araméen, ainsi que l'hébreu biblique et moderne.

Lui aussi a l'air préoccupé, il semble tendu mais décidé, il fixe à présent un endroit bien précis, en face de lui, à quelques pas de l'autre côté de la rue, en direction de la Librairie Centrale.

La « princesse au chignon » revient et reprend place à ses côtés, toujours en silence et toujours suivi du regard intrigué de la gamine qui continue de faire ce bruit énervant avec sa paille alors que son verre est complètement vide.

Sa maman lui en commande un autre, au moins, elle cessera son petit jeu qui lui tape sur les nerfs. Pour l'enfant, ces gens sortent de l'ordinaire, pourquoi ? Comme ça, l'instinct ! Ils ne collent pas dans le décor.

Quelques minutes plus tard, une troisième personne fait son apparition à la terrasse du café. Une jeune femme de type arabe, toute vêtue de noire, étrange par cette chaleur. Cela la fait paraître encore plus menue. Un petit tanagra aux cheveux crépus, au minois intéressant de chat écorché, mangé par de grands yeux ronds et sombres. Dans son regard intense on sent une hargne mêlée d'un profond désarroi.

Sa bouche gourmande, rouge rubis donne du piquant à cette perle du Maghreb. Jamila respire à la fois la force et la fragilité. L'allure souple et sportive, un petit gabarit tout en énergie de la tête aux babouches.

Elle semble ne pas prêter attention au couple dont elle contourne la table et s'installe non loin de la petite rue (toujours en terrasse) qui les séparent de la Librairie Centrale. Sur ses talons, un véritable étalon ; un grand noir habillé de blanc, un bel athlète aux muscles longs et puissants. Sa haute stature en impose au premier regard. Ses traits fins presque européens pourraient le ranger dans la catégorie des métis mais sa peau d'un noir profond le situe davantage dans les grands espaces de la savane africaine.

Une panthère noire au masculin. Un félin aux yeux perçants, un chasseur sur la piste d'une proie. Il marche comme un fauve sur la pointe des pieds prêt à bondir à la moindre alerte, en suivant de près la gazelle du désert tunisien.

Tous les quatre de connivence se fondent dans la faune des touristes qui transforment le carrefour du Centre en une fresque mouvante aux teintes gaies et chatoyantes. Un tableau idéal, un Renoir aux couleurs de la vie.

La fillette les observait toujours pendant que sa mère était en grande conversation avec un couple voisin. Ces quatre personnages ont un goût d'insolite, leur comportement n'est pas naturel dans ce contexte de détente, de loisir et de vacances. Comme un petit animal, elle pressent un danger.

Les enfants ont ce pouvoir insondable de savoir écouter et voir « autrement ». Ils vivent l'instant, simplement, obéissant aux lois naturelles qui les guident avant qu'ils n'oublient un jour que nous sommes tous des animaux, un peu plus évolués que d'autres parmi les nombreuses espèces qui peuplent la terre. Cette gamine a un sixième sens !
« Monsieur, Monsieur ! » dit-elle en s'adressant au grand noir qui venait de laisser tomber quelque chose de sa poche, sans doute en proie à la tension qui régnait en son âme.
« Monsieur ! », insista-t-elle en ramassant l'objet sous la table qu'elle lui tendit aussitôt – un loup noir qui se balançait au bout d'un élastique.
« On dirait un masque de Zorro ! »

A la vitesse de l'éclair, tout en regardant furtivement alentour, Calidou saisit l'objet.

« Merci, merci ! » dit-il d'un ton bref en fourrant la « chose » dans sa poche.

Il aurait voulu lui dire de s'éloigner de cet endroit mais une mission, c'est sacré et celle-ci est délicate et périlleuse.

Toutes ces scènes se déroulèrent très vite. Mis à part la perspicacité de la petite fille, personne n'avait rien remarqué de suspect. Le scénario était écrit d'avance, chacun tenait son rôle point par point, jusqu'au moment crucial.

Rafi, l'Israélien et Calidou, la panthère du Sénégal, franchirent les quelques mètres qui les séparaient du théâtre des opérations. Les deux balaises se jetèrent sur l'écrivain aux « pamphlets racistes ». Ils l'immobilisèrent sans difficultés. François Dupont, pris par surprise, lâcha stylo et bouquin, son arrogant sourire vira en une expression de stupéfaction.

Maintenu fermement par les deux hommes, à peine eut-il le temps de réagir qu'il était déjà un bâillon sur la bouche et les mains liées. Autour d'eux, les gens s'écartaient apeurés sous la menace de l'arme de Jamila qui faisait la circulation suivie de Thiya, armée elle aussi. Elles portaient toutes deux comme leurs collègues les fameux loups noirs, plus pour impressionner que pour ne pas être reconnus… Les deux femmes ménageaient les arrières de leurs frères d'armes afin que l'opération se déroule selon le plan établi : sans violence.

Thiya et Jamila dégageaient le passage jusqu'au fourgon garé dans la rue Béhic qui attendait « le client » de cette prise d'otage musclée.

La panique régnait sur la place malgré le souci de ces drôles de dames masquées de gérer la situation sans faire de casse. Les enfants ne jouaient plus autour de la fontaine. Les parents les priaient de les rejoindre. Les gosses criaient en s'enfuyant, ce n'était plus des cris de joie mais de peur.

Les amazones menaçaient tout de même les passants de leurs flingues, factices ou non, personne ne tenait à vérifier. Tout avait été scrupuleusement orchestré. Leur but : enlever ce nuisible ! Responsable de leur malheur, celui qui a brisé une partie de leur existence en ôtant la vie d'un de leur proche ou profanant la mort d'un cher disparu.

Ils ont décidé en leur âme et conscience de dénoncer le laxisme de la justice et d'alerter les médias, de crier à la face du monde leur détresse, leur souffrance et leur impuissance à vaincre. Cette justice à double tranchant qui broie les êtres, à juste titre souvent, mais en laisse d'autres impunis ou mal jugés.

Quatre victimes des agressions et des crimes de ce François Dupont alias Weinderguten. Agressions auxquelles il aurait largement participé et serait pour la plupart d'entre elles le meneur, l'instigateur.

Sa culpabilité dans certaines affaires n'ayant pas été prouvées de façon formelle… On le sait, hélas, de nombreux dossiers s'accumulent sur les bureaux des juges d'instruction, submergés par les affaires qui s'amoncellent en piles, si hautes qu'elles s'effondrent et tombent dans l'oubli… ou presque ! Il reste néanmoins mêlé de près ou de loin à des faits graves. Le plus abominable de ces crimes pour lequel il a été reconnu coupable à 100 % comme étant le stratège diabolique fut le meurtre de Salifou Wolof, originaire de l'île de Gorée au Sénégal, le père de Calidou. Il fut sauvagement lunché dans cette banlieue maudite où ce lamentable Dupont a grandi tout en rancœur et en haine. Le jeune Africain, apprenant la libération précoce de l'instigateur de cette triste affaire est devenu membre actif de l'association « PQJSF » (Pour Que Justice Soit Faite). Un comité qui rassemble de nombreuses familles de victimes d'attentats, de viols, d'exactions et toutes sortes de crimes perpétrés sur des personnes sans défense. Ces familles tentent de faire la lumière sur des dossiers obscurs et trop vite classés.

La tombe du grand-père de Rafi fut profanée dans un cimetière juif non loin du quartier chaud du dénommé François Dupont, l'inventeur de cette expédition morbide dont il fut le fossoyeur en chef.

Ce Sabra, doux à l'intérieur, piquant à l'extérieur, comme le fruit du même nom, à l'origine de cette appellation pour désigner les natifs d'Israël. Ce pur jus du pays de la Bible voudrait rendre justice et venger la mémoire de son aïeul.

La jeune sœur de Thiya, violée par une horde de chiens enragés à figure humaine, assassinée et retrouvée mutilée dans un local poubelle. Encore dans la fameuse banlieue où sévissait le futur romancier. Dans le fief de ce monstre qui fut l'horrible chef de meute de ce viol collectif.

Ces drames nous font regretter d'être un des maillons de cette chaîne humaine dont nous sommes tous responsables quelque part des faiblesses et des crimes.

Thyia tout comme Jamila, Rafi et Calidou ont des comptes à régler avec la Justice et l'Humanité tout entière. Ils voudraient qu'on les écoute, qu'on les comprenne, qu'on ne les abandonne pas à leur triste sort, noyés dans le marasme de l'injustice, de l'indifférence et de l'incompréhension générale.

Condamné à cinq ans de réclusion à peine pour la vie de la petite sœur de Thyia, prise en pleine jeunesse, c'est pas cher payé ! Trop peu aussi pour Jamila qui a perdu son propre frère Rachid, battu et égorgé au cours d'une ratonnade organisée. Il gisait dans son sang séché qui faisait une grande tâche brune presque noire autour de son corps martyrisé.

Jamila veut sa vengeance, elle lutte, elle aussi pour que Justice soit faite. Ils se sont réunis et forment un étrange commando. Ce ne sont pas des professionnels, ils se sont faits eux-mêmes hors-la-loi pour revendiquer leur droit et hurler leur détresse. Faire passer leur douloureux message, c'est le but qu'ils se sont fixé. Ils ont choisi la voix des médias pour donner un sens à leur révolte, exorciser ce besoin malsain de vengeance ! Contester la sortie de ce livre aux idées provocatrices, une insulte à la littérature, un engagement pour le mal.

Ils pensent réussir à atteindre l'opinion par le biais des médias, c'est-à-dire, la toute puissance de l'information. La seule façon de revendication à effet « immédia », la seule voie pour toucher le peuple. La seule voix aussi que l'on écoute à travers les images éloquentes qui frappent les esprits, tire les larmes, attise les tendances et donne une dimension émotionnelle capable d'engendrer des révolutions. L'information médiatique télévisuelle à un pouvoir dangereux sur les masses mais elle est aussi capable de sensibiliser et interpeller à tous les niveaux ; des sphères étatiques jusque dans la rue, des nantis aux gens de peu.

Les médias, les nouveaux maîtres du monde moderne ! La petite fenêtre de nos grands écrans, ouverte sur le spectacle permanent de ce monde en pleine entropie !

Des traces d'une civilisation régressive en expansion, en séquences brèves, de l'opulence à la décadence, de promesses en carences et en vaines espérances. Le petit écran de nos grandes misères et de nos rêves utopiques.

La clé en 3D sur une vision globale du monde et des choses de la vie qui ouvre les frontières sur une liberté d'expression à utiliser prudemment.

Vision tronquée qui trompe notre imaginaire et véhicule les pensées aux quatre coins de la planète.

La lucarne lumineuse d'un monde découpé en tranches, en scoops que l'on découpe à volonté, de discours en dialogues de sourds. Des morceaux de vie, des flashes qui fâchent, qui émeuvent ou réconfortent. Le grand champ de nos vues trop courtes. L'immense puzzle de notre univers que chacun doit reconstituer à sa convenance, à sa guise pour en extraire la quintessence. A travers ce flot d'informations diffuses, chacun doit prendre là où il la trouve, sa vérité… !

Chapitre 15
L'amour en cage

Dans le même temps, Alex avait immédiatement prévenu ses collègues de la Gendarmerie des Sables d'Olonne. Lui qui pensait aborder une retraite paisible ! A peine celle-ci arrivée, le voilà témoin d'une prise d'otage en plein centre ville. Quelle histoire !

« Je ne peux rester là, se dit-il, à subir les évènements mais ce n'est pas non plus mon rôle d'intervenir seul au risque d'aggraver la situation. Les deux femmes sont armées. Certainement que les deux géants aussi. Alors tout doux ! »

Réfléchir, agir promptement, rester circonspect et garder la tête froide. Les patrons de la librairie, complètement abasourdis, étaient pétrifiés sur place. Les employés couraient en tous sens dans la boutique. Les clients avaient déserté en faisant s'écrouler des piles de livres, bousculant au passage des portiques de cartes postales qui jonchaient le sol. Des images de vacances s'envolaient jusqu'à la fontaine dans un vent de panique.

Les journalistes les plus chanceux qui étaient encore présents mitraillaient l'évènement et TV 102, qui venait de terminer son reportage, n'a jamais si bien porté son nom de télé qui bouge. Le caméraman tremblait plus fort que d'habitude. Il filmait fébrile la scène du drame en espérant qu'il aura assez de munitions dans son caméscope pour aller jusqu'au bout de l'épopée fantastique.

Les correspondants de la presse locale essayaient de couvrir le super scoop du mieux possible, saisissant en image et en direct le western vendéen. Ils étaient tout excités en proie à une montée fulgurante d'adrénaline, à la pensée d'apporter au journal un papier exceptionnel. Un reportage sur le vif digne d'un grand quotidien parisien.

En voyant surgir les deux drôles de dames masquées et armées, Geneviève se leva d'un bond. Située de l'autre côté de la librairie, sa table légèrement en biais, sa visibilité gênée par le parasol mauve qui protégeait Alex des méchants UV, elle n'avait pas vu l'intervention ultra rapide des deux hommes. Ils tenaient déjà François Dupond et le traînaient suivis des deux mignonnes qui jouaient aux kamikazes. Le commando arrivait vers elle qui n'avait d'yeux que pour Alex qui trépignait en serrant les dents. Il s'agitait et n'avait qu'une envie : se précipiter sur les assaillants, les stopper dans leur course. Pour quoi faire ? Pour délivrer ce criminel de ses justiciers improvisés ? Il sentait bien que c'était un commando amateur qui effectuait sa première opération. S'investir au risque que la situation se dégrade et provoque par ce fait une bavure, pour sauver ce malfaisant ?

Entre le devoir et la conviction personnelle, il y a dilemme ! Un Général en retraite n'a pas à prendre d'initiative ni à faire du zèle pour une médaille de plus sur sa tunique déjà bien garnie. Après tout, celui-là mérite ce qui lui arrive. Une bonne leçon lui fera du bien, s'ils réussissent leur coup !

« Reste tranquille, vieux ! Jouer les héros, ce n'est plus de ton age, attends la brigade, c'est plus sage ! » se dit-il.

Geneviève s'approcha de lui. « Non, ne tente rien, sois raisonnable, attendons et évitons le pire. Ils ne savent pas qui tu es et il est préférable qu'il ne l'apprennent pas. » Elle avait très peur pour lui, connaissant ses antécédents médicaux. Pas d'excès, pas d'émotion, la prudence s'impose.

Elle l'a perdu une fois, elle le retrouve aujourd'hui, même si son cœur bat pour une autre, tant qu'il bat, elle garde un espoir secret et ne veut pas le perdre à jamais !

Depuis qu'il a tourné à nouveau son regard vers elle, elle existe enfin, alors qu'elle avait quitté le monde des vivants pour n'être plus qu'un fantôme amoureux d'une illusion, errant entre rêve et réalité.

— Ne t'inquiète pas Geneviève, je ne suis pas un aventurier, tu le sais bien. Sois rassurée, je veille seulement à la sécurité des gens alentour. Je suis vigilant.

Bien évidemment que les preneurs d'otages étaient au courant de ses activités professionnelles. Ils connaissaient l'identité de chaque écrivain participant à cette dédicace collective. Un Général de Gendarmerie, même en retraite, ne passe pas inaperçu, bien que le personnage principal de cette saga, la cible à atteindre, l'homme à abattre, soit ce « vilain-pas-beau » de Marcel Weinderguten.

Ils n'ont pas l'intention de l'épargner, ils le tiennent et si l'affaire tourne mal, il ne s'en sortira pas en bonne santé… Calidou, la panthère noire du Sénégal, veille. Il aimerait tant le lapider, comme ce sauvage a lapidé son pauvre père.

Arrivés à l'angle de la petite rue Béhic, Rafi et Calidou ont bien du mal à maintenir Dupont qui se débat comme un beau diable. Il a réussi à force de gesticuler à faire glisser son bâillon et se met à hurler.

— Lâchez-moi, espèces de salauds de nègre et de voleur de patrie ! Tu te caches sous tes cheveux blond doré, toi l'Ashkénaze, mais tu ne vaux pas mieux que tes cousins à la Djellaba ! Hitler aurait dû vous réduire tous en fumée. J'ai payé ma dette, je suis libre ! On me reproche d'avoir fait un peu de ménage, j'épure, l'élague, tout le monde pense comme moi mais personne n'agit, personne n'ose !

Vous allez le payer très cher, j'ai des appuis politiques, je mettrai un contrat sur vos têtes. Vous aussi les deux gonzesses, l'asiat et la bronzée ! Vous êtes tous morts !

Il hurlait ses insanités en continuant à gigoter, tout en crachant son venin.

Les deux membres du PQJSF durent s'arrêter quelques secondes pour maîtriser la bête furieuse qui vociférait en violence verbale. Thiya et Jamila arrivèrent en courant en crabe pour mieux surveiller leurs arrières. Elles replacèrent tant bien que mal le bâillon sur la bouche du raciste invétéré. Tous les quatre s'avancèrent, Jamila et Thiya en tête pour leur ouvrir le passage en direction du fourgon qui les attendait dans la voie sans issue au bout de la rue.

En passant le coin de la librairie, sans le vouloir, déstabilisé par les ruades de « Weinderguten », Calidou se prit les pieds dans la table qui empiétait sur le trottoir de la ruelle. Prise de panique, elle aussi, Geneviève avait laissé ses press-books, documents, photos, cahiers de note, livres et stylos. A côté de sa table, contre la vitrine, sa toile représentant le coucher de soleil était sur son chevalet... Alex avait pris la précaution de l'enlever du chemin au moment de l'intervention du commando.

L'écrivaine avait accroché sur le sommet du chevalet son porte-bonheur : un petit Pluto en mousse, flexible. Il avait une attitude amusante avec ses grandes oreilles qui retombaient sur le ciel rougit du remblai. Il dominait la situation tragique. Quant au bonheur, on verra plus tard.

Calidou renversa la table avec toutes les petites affaires de Geneviève, le vase, les fleurs s'éparpillèrent, les photos, les livres, les cahiers de note, tout était par terre, pèle-mêle, la table en tombant heurta le chevalet qui bascula, la toile tomba à son tour sur le rebord de la chaise et s'éventra juste à l'endroit du soleil qui éclata en super nova ! Désormais, l'œuvre pourrait s'intituler « Le Soleil troué ».

Pluto sur son perchoir dégringola et vint s'échoir au pied de Rafi qui l'écrasa sous son « 44 fillette ». Malgré l'ambiance pesante et critique, Geneviève ramassa son porte-bonheur qu'elle déposa à l'abri du danger, sur la seule table restée debout, celle d'Alex.

Celui-ci ne put supporter de voir les affaires de sa collègue et amie très chère jetées ainsi. Ce fut le déclic, la goutte qui fait…

Elle avait si bien arrangé son univers d'un jour. Le Général fut pris alors d'une rage folle et sauta sur le dos de Calidou. Crispant ses mâchoires de colère, il l'attrapa par le cou qu'il serra au point de lui briser les vertèbres cervicales entre ses deux mains puissantes.

Surpris, Calidou la panthère noire rentra ses griffes et lâcha sa proie. Rafi fit volte-face, tentant de rattraper l'écrivain aux pamphlets racistes mais ne put vaincre la force décuplée de l'otage. Dupont profita de cette altercation pour s'enfuir à toutes jambes malgré ses deux mains liées. Il courait comme un dératé et alla se perdre dans les petites rues adjacentes.

Calidou et Alex se battaient comme des pros, un militaire et un joueur de rugby, il y a du répondant. Le Général se retrouvait comme au bon vieux temps, à l'entraînement, quand il n'était qu'un jeune officier virulent, un pur-sang qui part au quart de tour. Deux grands gars d'un mètre quatre-vingt-dix et plus qui roulaient sur le bitume.

Geneviève était terrifiée, folle d'inquiétude, elle tenait ses deux mains jointes contre sa bouche. Elle ne pouvait rien faire. Attendre les secours en espérant que les gendarmes n'allaient pas tarder.

La Gendarmerie, en effet arrivait, les hommes de la brigade se mettaient en place, en tenaille, ils avaient déjà sécurisé le terrain et investi tout le quartier. Tout allait si vite !

Qu'ils se dépêchent pense Geneviève, avant qu'Alex ne fasse un second infarctus. Si son cœur est mis à l'épreuve, il risque une attaque, cela pourrait lui être fatal.

Les gendarmes n'étaient pas loin mais le temps était compté. Rafi vient à la rescousse de Calidou. Alex se calma enfin et laissa le noir se relever quand il vit Geneviève aux mains de Jamila et Thiya qui l'emmenaient au fourgon aussi rapides que des flics de choc.

Alex et Geneviève se laissèrent conduire au véhicule, chacun craignant pour la vie de l'autre. Ayant repris ses esprits, il la regarda et lui lança :
« A chaque fois que nous nous rencontrons, c'est toujours dans des circonstances extrêmes ! Tu attires les foudres ! La retraite s'annonce mouvementée », ajoute-t-il en se secouant et s'époussetant de sa main droite pour chasser la poussière de l'asphalte, avant d'être rattrapé, attaché et bâillonné par les deux preneurs d'otages.

Thiya et Jamila ont fait de même pour Geneviève qui se laissa ficeler sans réagir. A quoi bon, s'ils se tiennent tranquilles, ils s'en sortiront sans doute indemnes.

« Il s'est battu pour moi », vient-elle alors de réaliser. Serait-ce possible qu'il éprouve plus que de la bienveillance, animé par son sens aigu du devoir, son instinct atavique de protéger la veuve et l'orphelin ? Une notion innée de l'amitié réelle ou bien, serait-ce – elle n'ose y croire – ce sentiment d'amour qu'il éprouvait alors, il y a quatre ans, qui renaîtrait soudain en son cœur ? Serait-il lui aussi secrètement encore amoureux de la « Dame aux Camélias », de la « rose de Sables » ?

C'est ainsi qu'ils se retrouvèrent unis par la fatalité dans ce fourgon Renault aux vitres teintées. Les quatre pseudo terroristes étaient toujours enfouraillés. Dans l'action, Alex n'a pas pu définir si les armes étaient factices ou non. Il est presque certain cependant que ce sont de belles imitations mais dans le doute, prudence !

A l'intérieur du fourgon, Jamila et Thiya attachèrent les deux écrivains avec des menottes qu'elles fermèrent sur un montant en ferraille servant de support aux étagères du véhicule aménagé en utilitaire. Geneviève surveillait de près le comportement de son « grand » qui respirait bruyamment, visiblement éprouvé par la lutte et la tension nerveuse. Son cœur battait si fort qu'elle voyait sa chemise se soulever dû aux efforts qu'il faisait pour respirer.

« Pas d'émotions vives ni de contrariétés », lui avait dit son cardiologue. « Et si vous devez faire un repas un peu plus copieux, un peu plus arrosé ou un câlin un peu moins platonique… N'oubliez pas de prendre une pilule avant ! »

« Où sont mes pilules ? » pense-t-il… Dans la poche de ma veste, restée sur le dossier de la chaise à la librairie… Bon, espérons que mon palpitant tiendra le coup. La Dame au capuchon noir doit se préparer pour m'accueillir aux portes du purgatoire, se dit-il en souriant jaune, tandis que la gazelle du désert leur enlevait les bâillons. Ils n'avaient même pas pris la peine de leur mettre un bandeau sur les yeux. Le fourgon roulait déjà à toute vitesse, faisant crisser les pneus. Qu'ils voient ou non le paysage ne changerait rien au destin qui les attendait.

« De toute façon, c'est toujours mieux de voir la mort en face », dit soudain Alex qui respirait un peu mieux. Il l'avait déjà entrevue une fois, elle ne l'effrayait plus !

La Gendarmerie était enfin sur les lieux, suivie de la Police et même des pompiers mais le véhicule qui transportait les otages avait déjà disparu dans les rues du centre ville où il était difficile de circuler, encore plus d'effectuer une poursuite d'enfer ou un rodéo à l'américaine.

Par contre, ils rattrapèrent François Dupont qui n'était pas allé très loin. Ils allaient l'interroger pour en savoir plus sur cette curieuse prise d'otages.

Le commando avait échoué dans sa mission mais il tenait deux hôtes de marques : le Général Alex Debussy et l'écrivaine Geneviève Lafarbe, deux personnalités charismatiques du pays.

Un butin de choix, un bon produit d'échange. De quoi négocier.

Otage pour otage, le « PQJSF » n'était pas bredouille !

Chapitre 16
Action, confession, passion…

A l'annonce de l'enlèvement de son père, la fille d'Alex s'affola de suite. Elle était visiblement choquée par la nouvelle et s'apprêtait déjà à quitter son pays d'adoption pour se mettre à sa recherche.

« Non, non, ce n'est pas vrai, gémissait-elle. Il est si perturbé et malade ! Mon pauvre petit papa ! Tiens bon, tiens bon, répétait-elle, nerveuse et bouleversée. On va te sortir de là ! C'est incroyable ! Encore cette envoûteuse de scribouillarde qui lui a jeté un sort ! Dès qu'elle est dans les parages, c'est le scandale ou la catastrophe. Cette femme est une sorcière ! »

Elle se parlait à elle-même tout en préparant sa petite valise, bien décidée à prendre l'avion de Rome à Nantes, puis ensuite le taxi pour les Sables d'Olonne.

Les autres membres de la famille du Général furent aussi informés. Certains se réjouirent de le savoir en mauvaise posture.

Le Colonel qu'il était n'avait pas beaucoup d'amis. Le Général qu'il est devenu en compte un peu plus mais les amis sincères, il peut les compter sur les doigts d'une seule main. Il faut dire que son autorité légendaire et sa façon personnelle, hors norme, d'assurer sa haute fonction n'entraient pas toujours dans les principes de l'Institution et ne plaisaient pas à tout le monde.

On ne s'élève pas dans l'échelle hiérarchique, au firmament de la pyramide, sans faire frémir tous ceux qui s'agitent à la base en crevant de jalousie.

Son ex-femme en particulier, Agnès la méchante eut un sourire en biais comme un chien atteint d'une hémiplégie, prêt à mordre, relevant les babines que d'un seul côté, dans une horrible grimace.

A son expression, on sentait qu'elle espérait que l'aventure tourne mal.

Stéphane, le frère de Geneviève, apprenant la nouvelle, grimpa dans sa Camaro, mit en route ses 370 chevaux et décolla du bitume sur les chapeaux de roues pour se rendre sur les lieux du drame.

Pendant ce temps dans le fourgon roulant à toute allure sur la petite route de la Chaume à Olonne qui traverse la forêt, les deux romanciers s'arqueboutaient dans les virages en évitant de glisser.

Leurs mains droites souffraient, serrées dans des menottes qui leur blessaient les poignets à chaque coup de volant. Geneviève est gauchère. De sa main du cœur, libre, elle essayait de dégager l'autre en la faisant plus petite possible, mais malgré ces attaches fines, sa main ne passait pas. Elle tentait l'opération encore une fois tandis que le véhicule effectua un coup de frein brusque. Sans le vouloir, elle appuya sur la pince qui fit entendre un clic, puis un second. Deux crans de plus sur la pauvre petite menotte. Le bracelet étranglait son poignet et meurtrissait sa peau fine et douce.

Alex avait repris son souffle. Après tout, cette sacrée pilule n'est qu'une sécurité, un remède contre le stress tout au plus… Peut-être même n'est-ce qu'un vulgaire placebo ! En a-t-il réellement besoin ou n'est-ce qu'une ruse pour qu'il prenne conscience du danger ? Il doit prendre cette ridicule petite bille blanche pas plus grosse qu'une tête d'épingle à chaque fois qu'une émotion forte accélère les battements de son cœur.

Il est vrai que le coup est rude ! Enlevé par un commando armé avec la belle écrivaine au pouvoir incendiaire, il y a de quoi refaire une attaque ! Cependant, il se sent nettement mieux. Qu'ils ne s'avisent pas à le provoquer, il les enverrait voler tous les quatre ! C'est un coup à vous déboucher les artères sans pontage.

Il sentait monter en lui une énergie démentielle. Geneviève, sa « rose des Sables », le stimule mais il doit lui avouer bien des choses. Pourquoi lui avoir laisser croire qu'il n'était plus seul ? Pourquoi s'était-il inventé une fiancée virtuelle après « l'incident » ? Blessé dans son orgueil de mâle, pourquoi a-t-il créé de toute pièce cette âme-sœur ? Il revoit le film de ces moments terribles où la passion sur le point de se déchaîner dans des étreintes délicieusement romantiques s'est brisée en mille séquences dramatiques. C'est un élan de sensualité débridée qui anima alors le couple malheureux, sous l'emprise du dépit et de la désillusion.

Par dépit également, il s'était mis sur Internet, par colère aussi.

Il se sentait déçu, bafoué. Il était effondré !

Plus tard, pour ne pas se mentir à lui-même, pour être en phase avec sa conscience, il a confié ses misères à une autre âme en détresse, un esprit pareil au sien, lacéré de tourments. La rencontre de deux cœurs en larmes !

Il envoya alors à Geneviève une terrible lettre, un cauchemar d'encre noire, sans fantaisie, sans complaisance, sans pitié ! Des signes au style aussi froid qu'une condamnation à mort.

Il fallait à tout prix décourager cette midinette du troisième âge, cette femme fatale en mal d'amour ! Un coup non moins fatal pour la pauvre Geneviève qui espérait tout de cet être merveilleux qu'elle aimait, qu'elle désirait et qu'elle estimait sincèrement.

Achever la bête déjà blessée, lui faire perdre tout espoir en lui confessant l'amour fou qu'il éprouvait pour une autre. Il venait de rencontrer, disait-il dans sa lettre, la femme idéale, celle dont il a toujours rêvé. Geneviève a cru un instant qu'il s'adressait à elle à la troisième personne, lui avouant pudiquement son amour.

Cette missive empoisonnée était ambiguë, elle sonnait faux, elle avait un goût de fiel. Tapée à l'ordinateur et photocopiée, elle ne ressemblait pas à son auteur. Un être si franc, direct qui lui avait promis de ne jamais lui faire de mal ! Comment l'homme qu'elle aimait à ce point pouvait-il briller de toutes ses facettes et n'être hélas qu'un faux diamant, un cristal de mensonges et de lâcheté ?

Chapitre 17
Amour en trompe l'œil

Il n'avait pas supporté l'affront. Il ne pardonnait pas la traîtrise de Geneviève, qu'il pensait même préméditée tant il se sentait persécuté par la fatalité. Il lui en voulait d'être dans cette situation inextricable. Il devenait un lâche et un faible à ses yeux. Il n'avait pu faire front au petit bonhomme ivre, lui le grand, l'illustre Colonel qu'il était alors. Il capitulait au premier obstacle comme un homme désarmé qui n'a plus confiance en lui.

Alors, il a tranché dans le vif en tournant la page. Il l'arracha plutôt en brisant le cœur de la femme qu'il aimait. L'obstacle lui paraissait infranchissable. C'était plus facile de faire passer l'orgueil avant le désir et la passion. Il se remémore la scène… Comment a-t-il pu penser qu'elle l'avait trahi. Pourtant il ne pouvait plus faire marche arrière. C'est ainsi qu'un an plus tard… il envoya cette terrible lettre lui disant qu'il avait choisi la raison à la passion.

Pourtant, un matin, juste après sa fuite, il y eut une autre lettre, celle qui l'a totalement découragé, la lettre de Geneviève qui fermait la parenthèse, cette lettre qui le mettait face à sa lâcheté, à sa peur… et à laquelle il répondit en camaïeu, en orgueilleux, en miséreux… faisant écho à son adieu !

Il préférait se noyer dans l'action et se retrancher sur ses positions, reprendre sa vie militaire réglée comme une partition dont il n'a pas écrit une seule note.

Il regrette à présent. Il s'en veut d'avoir fait taire ses sentiments qui revivent aujourd'hui. Son cœur le rappelle à l'ordre, ce cœur qui s'est vengé d'avoir été éprouvé. Cet organe qu'il a malmené, qu'il a essayé de faire battre à contre-temps, à contre-amour alors que son âme en souffrait.

Elle est là, sa passion, sa muse, celle qu'il l'admire, qui l'aime comme jamais personne ne saura l'aimer…

Les cheveux en bataille, le corsage légèrement ouvert sur sa peau brune, brillante de transpiration. Une mèche rebelle est collée sur son front où quelques rides d'expression donnent à ce visage encore plus de beauté. La tension nerveuse et l'inquiétude face à l'épreuve qu'ils subissent décuplent leur désir réciproque qui, loin de s'être émoussé avec le temps, revient en force et monte crescendo à chacun de leur regard complice.

« Elle est superbe », pense-t-il.

Une belle sauvageonne, pulpeuse, appétissante, encore terriblement désirable. Un fruit exotique, mur à souhait, que la jeunesse n'a pas quitté.

Geneviève garde cette juvénilité malgré le temps qui a creusé ses joues, cerné ses yeux et légèrement enrobé ses formes. Mais son sourire est resté le même. Ce sourire merveilleusement magique, avec ses dents de la chance, l'émeut toujours autant.

Elle rayonne, elle subjugue, elle étonne et l'âge n'a rien altéré de cette grâce qui la transcende. Pourquoi a-t-il tout gâché en se fabriquant une carapace, en créant une entité informatique comme une arme de défense ? Il l'aime encore, sa « Dame aux Camélias ». Il ne peut nier l'évidence.

Que va-t-il lui dire maintenant qu'il se retrouve seul ? Seul, depuis que cette femme mythique l'a quitté de façon définitive, comme si elle sentait qu'il fallait qu'elle regagne son univers virtuel.

Elle s'est évaporée dans l'espace aussi rapidement qu'elle est apparue… Un clic… Une claque magistrale pour Alex qui a perdu la face ! Et Geneviève dans tout ça ? Il lui doit la vérité. Cette femme rencontrée sur le net, une malheureuse à laquelle il a confié son désarroi, un être meurtri comme lui l'était à l'époque mais n'a hélas pas pu remonter la pente. Et après deux ans de vie commune, s'est suicidée. Son âme était trop malade. Alex lui-même en dépression n'a pas su l'aider.

Il ne lui donnait qu'un semblant d'amour, des sentiments en trompe-l'œil, un faux bonheur en « comme si ». Il voulait croire au miracle de l'amour sur commande. La virtualité est mise à rude épreuve quand la vie nous ramène à la réalité. On ne quitte pas une vie « plein soleil » pour un triste crépuscule. Cette femme rassurante n'a pas comblé son intarissable besoin d'aimer. Elle est morte ! Elle a préféré la mort brutale à l'amour à feux doux. C'est parfois dangereux d'aimer sur Wanadoo !

Il doit tout avouer à Geneviève, profiter de cette opportunité que le destin leur accorde. Il n'a plus le choix, sinon il va la perdre à nouveau, irrémédiablement ! Et ça, il ne le supporterait pas. Il vient de prendre conscience qu'elle est le seul être au monde capable de lui apporter tout ce dont il attendait de la vie !

Chapitre 18
La petite maison dans les pinèdes

Cette femme (virtuellement parfaite) n'était en réalité qu'un être de chair et de sang, en faiblesses et en incertitudes. Une femme au passé lourd d'amertume. Ce n'était pas la personne idéale pour un homme dépressif et vulnérable comme Alex Debussy. Il s'était trompé encore une fois mais il n'osait pas le lui dire.

Geneviève était là, elle occupait ses pensées, elle restait fidèle à l'attendre et à l'espérer, il le savait. Il préférait la laisser dans le doute plutôt que de lui avouer sa défaite. Il resterait ainsi l'amoureux éternel. Qu'attendait-il, un miracle ?

C'était le moment de tout lui dire, le miracle s'était produit. Pendant ces deux années après le suicide de sa rassurante compagne, il a choisi la solitude. L'amour à haut-débit n'était qu'un feu de paille. Un virus informatique sous une apparence féminine venu s'infiltrer dans les rouages complexes de son cortex. Il ne reste rien de cette aventure cybernétique. Personne ne viendra le chercher ! Personne ne s'inquiète de lui à l'autre bout de la France. Aucune femme ne s'occupe de l'installation de leur nouvelle demeure. Il est seul depuis si longtemps. Comment a-t-il pu garder ce secret ? Encore cet orgueil malsain. Sa fille doit s'inquiéter, sa mère aussi malgré son caractère endurci par une vie de veuve, fidèle à son défunt mari. Ses collègues gendarmes, ses connaissances et relations professionnelles vont le plaindre, le prendre en pitié ou s'inquiéter sincèrement à cause de sa santé précaire. Ses admiratrices, ses fans vont pleurer peut-être leur idole en danger. Ses véritables amis, les quelques élus, les résistants de ses tempêtes psychologiques et de ses colères verbales, ceux-là vont suivre de près les évènements, touchés par cette triste aventure.

Alex cogite tout en essayant de garder l'équilibre pendant le trajet de la Chaume à la forêt d'Olonne.

Sa grande carcasse est malmenée par ce voyage épique. Rafi l'Ashkénaze est au volant, il tient la carte de la région à la main. Le camion n'est pas équipé du GPS d'autant plus que l'endroit vers lequel ils se dirigent ne figure sur aucune carte.

Ils quittent la petite route des pinèdes et entrent plus profondément dans la forêt. Ils prennent un chemin de terre chaotique, bifurquent encore une fois sur un autre chemin et continuent en zigzaguant entre les arbres et les buissons d'épineux – un vrai slalom ! – pour déboucher enfin sur une clairière dont le sol est très accidenté.

Des gros trous, des monticules de terre complètement desséchée et dure, ce qui fait danser et sauter le fourgon. A l'intérieur Geneviève et Alex se cramponnent ferme pour ne pas se cogner la tête au plafond du véhicule et se blesser aux parois. Ils sont secoués comme du bétail. Un vrai parcours de moto cross !

Se détachant sur un fond de verdure, de ciel et d'arbres plus hauts et feuillus, une jolie maison qui semblait à l'abandon apparaît comme un havre de paix. Une vision de rêve en plein cœur du cauchemar.

Sur le devant de la façade, une verrière brisée, un appentis défoncé, vraisemblablement par quelques sangliers, nombreux dans les parages. Tout autour de la maison, des fleurs sauvages, des ronces, des branches mortes et calcinées, vestiges d'un barbecue. Des racines apparentes qui passent sous la terrasse fissurée, sortent le long de la faille, replongent et réapparaissent de l'autre côté en grimpant le long du mur dans un fouillis de plantes vivaces. Un parfait modèle pour un peintre impressionniste. Une cache idéale cependant pour ce genre d'opération, isolée entre dunes et pinèdes. La petite maison dans la forêt, romantique à souhait sera le théâtre des confessions intimes… Le fourgon s'arrête au milieu de cette brousse olonnaise, dissimulé dans un mur de verdure indisciplinée, sous une ancienne tonnelle dont les branches viennent mourir sur le pare brise dans un bruit de bois mort. Le véhicule se trouve ainsi complètement à l'abri des regards curieux, invisible même vu du ciel.

Rafi invite ses célèbres hôtes à descendre du camion, suivis de ses trois acolytes. Il les conduit à l'intérieur de la demeure aux murs blanchis à la chaux.

Arrivés dans le salon, c'est l'heure des explications. Les preneurs d'otages confient aux deux prisonniers le but de la manœuvre, les tenants et aboutissants de cette mission dangereuse, exposent aux deux écrivains leurs griefs à l'égard de ce François Dupont, un être abject et amoral.

Bien évidemment Alex et Geneviève peuvent comprendre mais faire sa justice soi-même n'est pas dans leur principe, même si l'esprit de vengeance est légitime face à une souffrance intolérable. Il n'y a pas de juste cause qui vaille que l'on se sacrifie !

Pendant tout le trajet, le danger n'avait pas effleuré Geneviève, qui avait d'autres priorités en tête. Au contraire, cette situation la mettait dans un état second… Elle visionnait la vidéo de sa mémoire. Elle revoyait avec nostalgie les images d'un bonheur immense qui l'envahissait, qui la submergeait alors…

L'incommensurable sensation d'éprouver enfin ces indescriptibles moments d'extase qu'elle vécut pendant ses premières rencontres avec l'être aimé.

Elle se sentait si vertigineusement heureuse. Ce sentiment dévastateur disparut hélas avec le temps, dans le flot de la décevante et cruelle réalité. Aujourd'hui, il est là, à ses côtés, sa belle et grande main fine prise dans une horrible tenaille. Cette main qu'elle tenait dans la sienne, une nuit de tourmente et qui lui frôlait la joue pour essuyer une larme. Cette nuque aux cheveux ras qu'elle caressait avec tendresse. Ce visage adoré, pâle, presque livide, qu'elle observe à présent, qui s'empourpre sous la tension et la chaleur torride du fourgon sans clim.

Elle fond à nouveau sous son merveilleux regard clair à l'ombre de ses épais sourcils bruns. Ce front haut, intelligent, qu'elle connaît bien pour l'avoir vu de tout près lorsque leurs lèvres se joignaient en baisers passionnément amoureux. Elle l'avait embrassé, ce front sous lequel fourmillaient trop de pensées grises qu'elle aurait voulu chasser pour y mettre les couleurs pastel d'un bonheur retrouvé. Elle avait vu ce troisième œil qui la fixait, interrogateur, comme pour voir à l'envers de ses yeux, au travers de son âme, par la fenêtre du cœur.

Le destin enfin se montrait généreux en lui offrant ce jardin de surprises, cet univers d'aventures au parfum de danger qui resserrent les liens ou les font renaître. Ces sentiments émoussés par l'implacable quotidien, balayés par les exigences incontournables des jours qui se suivent, émergent à nouveau comme une terre vierge qui n'appartient qu'à eux.

Chapitre 19
« Pas à pas »

Quand elle apprit qu'Alex était amoureux d'une autre femme, cette « fiancée virtuelle », Geneviève essaya de refouler ses pulsions de vengeance.

C'est d'un amour absolu qu'elle aurait voulu l'aimer. Il avait survécu à son infarctus. Il reprenait goût à la vie. Elle ne le perdait pas totalement mais pourra-t-elle survivre le sachant heureux auprès d'une autre ? Son corps n'acceptait pas d'être privé de lui.

Ses sens inassouvis attaquaient ses cellules cérébrales et son caractère s'aigrissaient du manque de tendresse de celui qu'elle avait choisi. Aucun homme à présent ne sera capable de faire naître en elle ce désir fou de posséder un mâle. Elle dira un jour dans un accès d'hystérie : « Si je devais faire l'amour avec une douzaine de types pour un simple frôlement de sa main sur la mienne, je le ferais. »

Le comble du comble, et là, allez savoir si elle disait vrai : « Je hais les araignées, mais pour un baiser de lui, j'en mangerais une toute vivante… Et même plusieurs ! »

Il fallait que son cœur saigne et que son esprit divague pour oser dire de pareilles choses. Dans ses rêves, elle le voyait mort. Il flottait dans une mare de sang ; elle pleurait, elle hurlait, puis elle s'envolait, légère, comme délivrée. Elle s'accrochait aux nuages puis tombait lourdement sur le sol en se brisant comme une rose de cristal…

Elle reconnaît que parfois, elle souhaite sa mort pour avoir une bonne raison de le pleurer.

A d'autres moments – quand les affres de la jalousie lui permettent de souffler un peu – l'affection, l'admiration, la dévotion prennent place. Elle lui pardonne absolument tout. Cette façon altruiste d'aimer lui apporte un immense bonheur. Le savoir en bonne santé, heureux de vivre, lui procure une incroyable sensation de liberté, de paix intérieure. Mais cela ne dure jamais assez longtemps.

Sa rancœur, son amour-propre et son chagrin reviennent en force comme des mauvais génies. Ces diablotins aux facéties perverses lui arrachent les tripes, lui déchirent le cœur et lui dévorent l'âme.

Aux frontières de sa souffrance, aux confins de sa détresse, à chaque fois qu'elle ferme les yeux, elle le retrouve. Il lui donne rendez-vous toutes les nuits dans un songe permanent pour inonder ces jours d'une douce lumière, celle de la sagesse et du véritable amour. Celui que l'on ressent juste après la prière, juste avant le pardon ! Jamais personne ne pourra lui enlever ce sentiment pur, inaltérable, inviolable. Une impression d'infini. Une dimension où tout est accessible et réalisable. Par la seule force d'autosuggestion, même s'il lui échappe en tant qu'entité de chair, elle le tient prisonnier en son esprit. Elle fait l'amour avec ce rêve où l'absolu devient concret et s'inscrit en jouissance transcendée.

« C'est la force de notre esprit qui nous permet de réaliser l'impossible ».

Faire l'amour virtuellement ne guérit pas et même aggrave la psychose. Geneviève alors compense par une boulimie vestimentaire, « une fièvre acheteuse », coûteuse et malsaine.

« Un pas vers l'autre », c'est la notion de l'infini, un pas vers l'autre, c'est tout le secret de la vie ! Mais pas à pas, elle s'enlise, s'habille le corps pour se vider l'esprit et le porte-monnaie.

Une petite robe par-ci, un gentil haut par-là, des chaussures fantaisies que l'on doit marier avec un sac, des accessoires. Pour un temps elle oublie ses malheurs. Elle se regarde dans les miroirs, tourne, évolue dans ses nouvelles toilettes comme si d'un coup, elle n'était plus la même. Elle se plait à nouveau. Elle change de peau mais pas d'âme ! Si elle peut jouir de cette façon bien superficielle de vouloir encore plaire ou se plaire à elle-même, c'est qu'elle n'est pas irréfutablement perdue. Elle n'est pas dépressive, elle est seulement malheureuse. Elle essaie de combler le vide, l'absence et ce manque de confiance en elle qui s'installe dangereusement.

Et s'il en faisait de même de son côté comme il l'a fait avec elle autrefois ? Si son instabilité mentale le poussait à vouloir lui aussi changer de peau et à s'emballer à chaque fois pour une nouvelle lubie, un nouvel élan ? Une illusion aux yeux verts, bleus ou bruns, comme elle le fait pour les vêtements ? Quand il réalise que l'élan n'était qu'un pas de plus vers un néant sentimental, il repart en quête d'une autre parure de charme pour son cœur insatisfait, pour son âme en déroute.

Le plaisir fugitif du regard sur elle-même dans le miroir souvent amincissant d'un magasin, la rassure en lui renvoyant l'image d'une femme heureuse et comblée. Une lueur d'espoir brille alors à nouveau dans ses yeux. Puis ensuite, rentrée à la maison, elle pose ses paquets. Le charme est rompu. Elle commence à se culpabiliser et se voit encore plus laide qu'avant son escapade dans les boutiques du centre ville. C'est un cercle vicieux, une mauvaise thérapie, un triste palliatif à sa déception amoureuse.

Changer de vêtements, ça coûte cher ! Le trou dans le budget s'agrandit. Mais changer de partenaire, ça peut finir par un trou dans la peau et une place au cimetière ! Rien n'illustre mieux cette parenthèse que l'œuvre d'Alfred de Musset : « On ne badine pas avec l'amour. »

Chapitre 20
Amours captives

Les quatre membres de l'étrange commando semblaient défaits moralement. On sentait que l'échec de leur plan les terrassait. Ils se démotivaient à vue d'œil. Ils paraissaient, au sortir de cette épreuve, aussi vulnérables que des enfants après un mauvais coup.

Comment allaient-ils s'y prendre pour revendiquer leur droit et exposer les raisons de leurs actes sans qu'on les considère eux-mêmes comme des criminels ? Comment vont-ils convaincre alors qu'ils ont mis en danger la vie de gens honnêtes ?

Eux qui ont tant souffert de l'injustice, que vont-ils trouver pour légitimer leur action ?

Nerveux, tendus, à bout de force et d'arguments, ils sont sur le point de laisser partir les deux otages et de s'enfuir. A quoi aurait servi tout ça ? Ils se concertèrent un instant… Ils doivent aller jusqu'au bout de leur mission.

Ils négocieront la liberté des deux écrivains contre la révision du procès du tortionnaire. Après tout, ces deux littéraires sont connus des médias, ils peuvent tenter de les sensibiliser à leur cause, pourquoi pas. Le Général et l'artiste peintre ne présentent hélas pas les symptômes du syndrome de Stockholm. Geneviève, l'écrivaine au cœur de poète, pourrait se laisser influencer mais Alex reste imperturbable. Capituler et fuir, non ! Le « PQJSF » ne renonce pas !

— Je pense qu'une petite cure en sous-sol vous fera grand bien, dit Calidou avec un soupçon d'ironie qui trahissait son sens incurable de l'humour. Le temps qu'on disparaisse et vous serez seuls dans ce havre de paix. De toute façon, on est tranquilles, vos collègues de la Gendarmerie des Sables vont bien sûr vous délivrer ! La gamine du Café la Fontaine qui nous a dévisagés leur donnera notre signalement. Futée la petite !

Avec les portraits robots et tous les nouveaux gadgets de pointe, ils seront sur nos traces presque qu'aussi rapidement que la vitesse de la lumière. Ils trouveront la maison plus facilement qu'une aiguille dans une botte de foin, je leur fais confiance. Si besoin est, ils feront appel à votre corps d'élite, le fameux GIGN, la force d'intervention par excellence, des bons !

— Il a raison, ajouta Rafi, le Kibboutznik. Nous, les Israéliens, on sait reconnaître la compétence, la force, l'intelligence et l'esprit de corps. Votre institution est un peu trop rigide, hiérarchisée et à l'évolution lente mais il faut avouer que vous, Gendarmes, vous êtes avant tout des militaires, une armée de droit efficace et respectable. C'est un combattant de Tsahal qui vous dit cela.

— Quel compliment ! souligna Geneviève en se tournant vers Alex auquel elle était très attachée… par des menottes !

— Merci, jeune homme, j'apprécie mais ne comptez pas sur moi pour vous complimenter à mon tour. Il y a toujours d'autres moyens que la force et la menace pour répondre à l'injustice. Bon, maintenant, finissons-en ! Montrez-nous notre résidence !

— Allez, entrez là-dedans, s'énerva Calidou en les poussant sans brutalité mais fermement.

Les trois autres ravisseurs, bien que moins virulents, les menaçaient toujours de leurs automatiques.

— Soyez sages, ajouta l'Africain, toujours ironique. Vous trouverez de quoi manger et boire pour au moins un mois et plus… mais ce ne sera pas si long…

— Je crois comprendre que vous avez des tas de choses à vous dire, reprit Rafi sur un ton railleur, n'est-ce pas

Mademoiselle Lafarbe ? Une longue histoire que la vôtre, qui pourrait bien finir en beauté ! Nous sommes au top chez nous, pour le renseignement.

Avant de les enfermer à double tour et de fixer la barre de bois qui traverse la porte en chêne massif, il jeta au milieu de la pièce la clé des menottes et s'enfuit... rejoindre ses amis qui l'attendaient au fourgon.

Geneviève et Alex – gênés de cette réflexion – se sentaient mal à l'aise. Tout allait si vite ! Ils étaient cette fois au milieu du sous-sol, enchaînés l'un à l'autre, muets, n'osant même plus se regarder en face de peur de lire dans le regard de l'autre ce qui les animait tous deux : le même désir exacerbé par l'insolite de la situation.

Leurs sens parlaient pour eux. Là, retirés du monde, ils allaient épancher leur cœur, libérer leur esprit et assouvir leur passion...

Ils se précipitèrent sur la clé en espérant que c'était la bonne ! Ouf, les voilà séparés de leur lien mais prisonniers encore d'un passé lourd en temps perdu...

Partout autour d'eux, des objets hétéroclites jetés au hasard. Un véritable fouillis, un amoncellement de choses inutiles, oubliées, jetées comme de vieux regrets. Des cartons de livres à mettre dans les rayons d'une bibliothèque fantôme. Des bibelots à exposer dans la vitrine d'un meuble en devenir. Des fleurs artificielles, très kitch sortant de vases chinois achetés bon marché. Des photos reléguées au fond de boîtes à chaussures, que l'on préfère ne plus regarder, sinon peut-être un jour quand on sera vieux... ou après un décès autour de la table, pour pleurer sur nous et sur le temps qui nous assassine.

A l'intérieur d'un buffet de cuisine deux corps, style « années soixante », aux portes vitrées façon cathédrale, Geneviève découvre tout un lot de victuailles, de quoi tenir un siège. Alex de son côté tient une bouteille de vin millésimé, un Bordeaux qui promet... Laquelle bouteille a des douzaines de petites sœurs de toutes les régions vinicoles de France. Des amoureux de la vie, les propriétaires de cette petite maison dans la forêt. Sûrement une réserve pour fêtards occasionnels !

Des vêtements de qualités pendus sur des portiques et d'autres plus ordinaires dans des coffres en osier. Des chapeaux de soleil, des casquettes publicitaires, un vrai débarras, témoin de vies qui se croisent au fil des rencontres, des vacances, des allers et des retours. Un lieu où se jouent des mélodies en sous-sol !

Chapitre 21
Il aimait son sourire…

Geneviève et Alex, après toutes ces années, déchirés l'un et l'autre par de tragiques circonstances: la mort des parents de Geneviève, le divorce d'Alex qui n'en finissait pas et toutes les tribulations d'une passion avortée.

Trop de petites misères pour ces deux grands cœurs.

Comme s'il ne voulait pas être un embarras pour ses maîtres, Syrius, le chien de la famille, devenu vieux, est parti le premier.

Presque tous les jours, Geneviève l'emmenait avec elle à la maison de retraite. Il montait seul dans l'ascenseur et passait d'une chambre à l'autre, tour à tour. Monsieur Lafarbe père retrouvait des forces de vie grâce à son chien adoré. Malgré sa faible mobilité, il se levait pour lui donner des friandises.

L'homme et le chien étaient en osmose, réunis par des liens d'affection au moment où ils en avaient le plus besoin, lorsqu'ils sentent que la vie leur échappe. Les symptômes de la vieillesse chez l'homme ou chez l'animal sont les mêmes et se traduisent par un grand besoin de tendresse.

Un an après le décès du papa de Geneviève, c'était hélas le tour de sa maman. Juste le jour de l'anniversaire de son frère. Violette, « la princesse des roses » – c'est ainsi qu'on l'appelait à la Résidence les Roses – s'était préparée pour l'occasion. Elle attendait ses deux enfants chéris pour fêter les trop nombreuses années que son fils aîné aurait souhaité oublier. Le champagne était prêt pour célébrer l'évènement. Quelques miettes de bonheur à cette maman qui souffrait tant de l'absence de son compagnon de vie. Elle s'était légèrement maquillée et avait mis sa robe préférée du moment. Violette a toujours été très coquette mais depuis quelques temps, elle se laissait aller et n'avait plus goût à rien.

Elle avait tellement de mal à respirer que le moindre effort l'épuisait. Depuis qu'elle était dans sa nouvelle résidence, Les Maisonnées de Lumière, elle n'avait plus vue sur le chemin où les chiens se promènent, où les gens passent et où la vie palpite encore un peu à travers la fenêtre. Elle avait bien sûr de la verdure à l'horizon mais la nature sans vie était bien triste à son cœur fatigué.

« Maisonnées de Lumière », quel nom hypocrite pour un établissement où l'on broie du noir à longueur de jour et de nuit !

Alex a évidemment soutenu Geneviève tout au long de cette douloureuse épreuve à travers ses lettres et ses messages de compassion sincère.

L'écrivaine anéantie par ses souffrances à répétition n'avait même pas la compensation d'être auprès de l'homme qu'elle aime.

C'est terrible de vivre cela, toute seule, avec un soutien épistolaire, épisodique et virtuel. Alex aime le virtuel, il l'a prouvé par la suite…

Geneviève avait tout perdu, même cet amour auquel elle s'accrochait malgré les évidences. Elle plongea alors dans une mélancolie proche de la fixation. Elle vivait comme une rose victime d'un accident de la nature, à laquelle une épine aurait poussé en son cœur, diffusant la douleur de la tige au pistil jusqu'aux fragiles pétales, de la sève à la fleur.

Elle est morte à l'instant même où il a fui, lorsqu'elle a reçu ce message comme un coup de glas :

« Me suis trompé ! J'aimais ton sourire… Il souffrait ! C'était un appel au secours… Trop tard, le mal était fait. Le rêve était définitivement brisé… »

Souvent elle relit la lettre (un vrai roman) qu'elle lui envoya quelques jours après sa fuite. Une lettre qui mettait fin à leur si belle aventure. Une lettre qu'il a prise au pied de la prose désespérée de la pauvre Geneviève.

Elle abdiquait en essayant à travers ses mots, de traduire les sentiments profonds et sincères qu'elle éprouvait. Ce n'est peut-être pas de cette façon qu'elle aurait dû réagir ?

Sans doute aurait-ce été mieux de le rejoindre, de le prendre par la main… Lui dire : « Je t'aime » autrement qu'à travers des poèmes sans toujours se retrancher derrière des phrases et des tournures d'esprit.

Chapitre 22
La lettre

Mon Cher Alex,

Une rencontre, un épisode agréable, un regard qui s'allume. Instants fugitifs, intenses. Le pouvoir des mots ne peut lutter contre les maux sourds et sournois qui minent nos imaginations, ferment la porte à un bonheur naissant, fragile.

Une première rencontre, avec tous ses mystères, reste merveilleuse parce qu'elle n'est pas encore empreinte du vécu de l'un ou de l'autre, d'un passé qu'on traîne en souffrance. Une nouvelle rencontre, une autre vie commence... On s'étudie, on s'interroge du regard. Tout notre être est en éveil. Chaque mimique, chaque mouvement du cœur, de la raison et de l'âme entrent en jeu. Un jeu qui peut aussi devenir dangereux lorsqu'il s'arrête pour faire place à l'enjeu qu'il représente. Les dangers viennent alors effleurer notre jugement, nos réflexions. Les pulsions, les émotions sont chassées, balayées par le raisonnement.

Le concret s'installe et la réalité surgit comme un vilain petit diable qui sort de sa boîte en riant de voir nos regards qui s'éteignent. La petite lueur d'espoir, fugace, qui illuminait soudain nos cœurs malgré le temps maussade et la pluie que nous ne sentions plus, avait disparu. La peur de se tromper et d'affronter d'autres problèmes a glacé et figé nos âmes, alors que le soleil venait enfin de percer les nuages du ciel de notre patrie d'adoption.

C'est ainsi ! On ne peut hélas s'opposer aux éléments ravageurs de nos tempêtes morales, difficilement contrôlables. On maîtrise des feux provoqués par les forces de la nature, mais les incendies qui résultent des caprices de la nature humaine sont plus dévastateurs. L'eau peut éteindre les premiers, les larmes coulent sur les derniers comme des torrents de lave incandescente.

Si tu aimais mon sourire, c'est peut-être qu'il était le reflet d'une âme assez proche de la tienne. Son et lumière, loi des contrastes, échanges d'idées et de convictions. Des valeurs qui fluctuent en nuances, en subtilités, en passions.

Ces phrases sans verbe que j'écris à l'instant, comme un discours sans verve qui ne s'adresse qu'au vent, est un besoin qui m'échappe parfois bien qu'il soit vain. Des « écrits vains ». Peut-être suis-je une « obsédée textuelle » qui joue plus avec les mots qu'avec les sentiments.

Nous sommes au fond deux petites ondes qui ont vibré à l'unisson pendant quelques secondes, et joué en harmonie sur les cordes cosmiques de l'univers, l'opéra de « Pelléas et Mélisande » de Debussy. La musique des sphères terrestres a eu raison de l'envolée lyrique de nos esprits avides de communion, émus et étonnés de tant d'affinités.

Encore une fois, le destin l'a sans doute voulu ainsi et comme tout ce qui doit être est...

Petits grains de matière, prisonniers de l'esprit que nous sommes, il ne nous reste plus qu'à relativiser et attendre des jours meilleurs.

Merci de m'avoir fait vivre des moments privilégiés et si mon cœur est trop sensible, que mes lèvres dispensent des mots à tort et à travers, sans parfois en modérer le flux et l'impact, je suis ainsi, totalement sincère et comme tu l'as souligné, certainement trop naïve !

En tout état de cause, j'ai suivi tes conseils. A l'unanimité, c'est ce que j'aurais dû faire depuis long-

temps : taire ma pitié et aiguiser ma hargne. Je ne laisserai plus quiconque briser ma vie. Quant à « l'incident » qui a saccagé notre rêve, je n'arrivais pas à admettre qu'il puisse exister un être aussi nuisible. Il prétextait l'amour alors que la haine et la jalousie sont les seuls sentiments humains qu'il est capable d'éprouver. Je ne pourrais jamais lui pardonner !

Même si cela ne te concerne plus ou pas, je tenais à te le dire. Je vais reprendre une liberté totale, sans ambiguïté. Je me consacrerais désormais entièrement à mon art et à ma vie intérieure sans me laisser envahir par les pollutions d'un monde que je rejette. C'est le déclic. Je veux en finir avec cette sensation d'être prise en otage comme tu l'as si bien dit, cette nuit-là...

Ce premier jet d'un chapitre vécu, cette parenthèse que je referme, j'y repenserai sans doute sept fois ou plus, avant de m'endormir, si je le puis. Il est déjà trop tard pour le regretter parce que ma lettre est partie comme un texto de portable.

J'aimerais tout de même lire tes œuvres... Je serai particulièrement attentive, connaissant l'auteur. Je me souviendrai d'un bouquet de camélias et d'une rose rouge entourée d'épis d'or...

Je crois encore que chacun a son heure et un droit au bonheur. Finalement, plus je réfléchis... Si tu n'aimais que mon sourire...

C'était trop beau pour être vrai, dommage !

« Un bel arrêt sur image dans la course du temps »

Quand l'art est à l'armée, l'amour désarme !

Le frère de Geneviève fut informé de l'enlèvement de sa sœur et du Général Debussy par un commando étrange, en plein cœur des Sables d'Olonne. Sa petite sœur entre les mains de terroristes, la nouvelle lui fit plus d'effet que si c'était la fin du monde. Il resta sans voix, complètement catastrophé, le pinceau en l'air au bout de sa main qui tremblait. Il était aussi pâle que la toile blanche qui attendait la caresse de l'artiste. La peinture est un moyen d'expression familial de mère en fille, de frère en sœur, de fils en pinceaux, la dynastie des Lafarbe joue sur tous les tableaux.

De la savoir auprès de son Général, cela le rassura un peu. Malgré la triste nouvelle, il eut un petit sourire furtif en songeant au destin malin qui réunissait ces deux-là dans de bien curieuses circonstances. Il connaissait le roman fleuve de sa cadette mais Cupidon aurait pu faire moins compliqué pour qu'ils se retrouvent en tête-à-tête.

La famille d'Alex fut également avertie du drame. Sa maman, digne et fière, cacha son angoisse sous un air grave en disant d'une voix qui ne trahissait aucune émotion :

— Il s'en sortira, je le connais. C'est dans les grands moments qu'il retrouve ses moyens. Il est comme moi, c'est un dur au cœur tendre. J'ai confiance !

Elle le savait néanmoins en compagnie de son écrivaine pour laquelle il avait une profonde affection… Elle appréciait cette femme qu'elle sentait sincèrement amoureuse de son fils mais elle préférait qu'il s'en éloigne. L'artiste n'était pas bienvenue dans une famille de militaires. Madame Debussy ne souhaitait pas que leur relation dégénère en union permanente et officielle. Chacun à sa place, chacun dans son milieu !

Chapitre 23
Mon cœur s'en souvient !

Enfermés dans le sous-sol de la petite maison dans la forêt, Geneviève et Alex sont face-à-face, et là, ni l'un ni l'autre ne peut fuir. Depuis cette fameuse lettre, le temps s'est arrêté, figé. Il reprend sa course à l'instant même où leurs regards se croisent comme si tout ce qui s'est passé ensuite ne fut qu'un court-métrage sans intérêt.

Emu, déçu, vaincu, effondré, accablé, Alex l'était, certes ; il s'était retrouvé seul avec ses problèmes. En désespoir de cause, il a dit « je t'aime » à un écran froid. Un vilain système sans âme qui vous broie la vie en prenant des airs de réel, en mimant les vrais sentiments, en imitant les rencontres fortuites et imprévues dans un salon ou dans la rue.

« C'est pas ça, la vie », avoua-t-il enfin à Geneviève qu'il regarde comme si c'était la toute première fois.

Cette femme pour laquelle il eut au cœur ce pincement furtif, ce drôle de courant ravageur qui vous met en émoi. Ce frisson qui change en quelques secondes le cours d'une existence ennuyeuse et sans lumière.

— La vie, c'est toi ! Tu comprends, le reste n'était que pour combler le vide, pour oublier ma lâcheté, ma faiblesse. On veut toujours autre chose, on va chercher trop loin le bonheur qui parfois est à portée de la main. Qu'ai-je fait, Geneviève, comment pourras-tu pardonner mon intransigeance, mon égoïsme, ma petitesse d'esprit ?
J'ai tant de mal à accepter le fait de me sentir si fragile malgré ma grande carcasse ! Pourras-tu supporter un homme qui t'a rejetée alors qu'il t'aimait trop fort sans

doute ? Un homme pris au piège refusant ta prison d'amour. Je t'ai menti, j'ai essayé de refaire une vie qui me semblait plus paisible, mais je pensais à toi souvent et je m'en voulais terriblement d'être obligé de taire mes sentiments.

— Je l'ai senti, Alex ! Quelque chose en moi me criait que ce n'était pas fini entre nous. La voix du cœur, la chanson de l'âme, une force incroyable, une énergie fantastique qui me poussait à ne pas te croire quand tu disais « Ca va, ça va, la vie continue, je me noie dans l'action, une présence à mes côtés me rassure… »

Nous étions tous deux pris au piège.

— Je sais, c'est trop bête, c'est toi, « ma Dame aux Camélias » qui occupait toutes mes pensées, c'est toi et ton merveilleux sourire.

C'est faux, je n'aimais pas que ton sourire ! Je t'aimais et je t'aime encore tout entière. Ta voix qui chante, ta démarche noble et gracieuse, ta façon de torturer les mots pour en faire des phrases émouvantes, tes roueries, tes espiègleries, enfin toute ta personne m'émeut, de tes jolis petits pieds jusqu'à ta mèche de cheveu qui vient frôler ton front rond qui se plisse souvent, lorsque tu réfléchis. J'aime ces rides fugitives qui apparaissent au fil de tes pensées, ta petite tête à chapeau, bien remplie. Bien sûr que je t'aime, pauvre de moi, victime de mon entêtement et de mon ambition.

Geneviève, je l'avoue humblement, je n'y croyais plus et la moindre peccadille me touchait si fort que mon cœur ne l'a pas supporté et j'ai fuit pour la quiétude, troquant la passion pour la raison. J'avais tort, je le regrette, je me suis retrouvé seul à ronger mes erreurs et me voici, malade, amoindri.

Qui voudrait de moi à présent, sans pouvoir, sans gloire, au passé lourd de rancœurs, au caractère aigri et désenchanté ? Qui voudrait d'un homme handicapé et qui pourtant a beaucoup de tendresse à donner en partage ?

J'avais peur. Tu es si brillante, si vivante, si troublante. Peur d'être jaloux, peur de te perdre à peine t'avoir rencontré ! Te rends-tu compte, Geneviève, qu'il était préférable vu mon état d'esprit que je disparaisse de ta vie ? Pour cela, j'ai du parfois me montrer cruel, injuste, alors j'ai inventé cet amour virtuel, fictif, un mauvais conte de fée ! Et puis… elle est arrivée, perdue elle aussi, j'ai essayé de t'oublier, j'ai cru l'aimer… Oui !

J'aurais voulu l'aimer…Elle était aux petits soins pour moi, elle m'adorait, trop ! Elle souffrait elle aussi… une compagne de misère… Deux âmes en détresse, tu comprends ! C'est ma faute, encore cette peur…

Oublions tout cela. Tu es là, bien vivante et je t'aime, tout est permis d'espérer.

— Tu sais comment je l'appelais, cette femme pour laquelle je nourrissais souvent une haine jusqu'à la déraison ? Madame « Haut-Débit », ou encore « Ordine ».

— Quelle idée ! dit-il, interloqué par cette confidence qui trahit l'esprit entier de Geneviève parfois puérile, tout en naïveté. Pauvre Joëline ! Elle s'appelait ainsi, un prénom d'origine malgache.

— En fait, tu nous as fait souffrir toutes les deux, s'insurge t-elle. C'est normal, les « mâles gâchent tout », poursuit-elle, un peu gênée de sa réflexion maladroite.

— Ce n'est pas bien de jouer ainsi avec les « maux » M… A… U… X…, épela-t-il à haute voix. Sais-tu que les jeux de mots sont considérés comme la fiente de l'esprit ? dit-il en la regardant d'un air de défi. C'est vrai que j'ai tout gâché, tu as raison mais Joëline n'y était pour rien ! Maintenant que nous sommes seuls en tête-à-tête, on fait les comptes, toi la belle et séduisante femme aux talents multiples, et à l'imagination qui dépasse l'entendement, et moi le pauvre bougre bouffé par l'orgueil.

La belle Geneviève qui émeut par sa jeunesse intérieure, cette diablesse au pouvoir incendiaire comme je l'ai écrit dans mon premier acrostiche qui t'était destiné, t'en souviens-tu ?

— Si je m'en souviens, dit-elle en hochant la tête et levant les yeux vers le ciel. Je pourrais même te le réciter par cœur. Oh ! Comme l'expression est juste… Mon cœur s'en souvient : « Ne plus voir ton sourire ni entendre ta voix, en absent, c'est souffrir ou bien mourir de froid… » Je le relis souvent et j'essaie de comprendre ce qui a pu changer notre coup de foudre en coup de glas ! Ces quelques vers font renaître mon sourire au plus noir de mes jours, aux plus blanches de mes nuits.

Chapitre 24
Alex, je t'aime !

— Alex, je ne te l'ai jamais dit qu'à travers mes poèmes et mes romans en mettant toujours à la fin : « Ce n'est que de la littérature » mais aujourd'hui puisque le destin a bien voulu nous réunir, je voudrais te le dire avant qu'il ne soit trop tard. Quoi qu'il arrive, je veux te l'avouer en te regardant dans les yeux, comme dans les belles histoires qui enchantent les enfants encore confiants en l'avenir.

Alex, je n'ai plus honte et je mets moi aussi mon orgueil de côté, non, je n'ai plus peur des ces deux mots que je n'ai jamais dits à personne et que je n'ai murmuré qu'en rêve… ou crié dans le vent.

Alex, je t'aime ! Je t'aimerai toujours ! C'est ce qu'on dit à chaque fois, mais pour moi c'est vrai ! « Un premier amour ne s'oublie jamais » disait une chanson, mais un dernier amour on l'emporte avec soi dans la tombe…

Alex, ému à l'extrême la prit alors dans ses bras et d'un élan mutuel, ils joignirent leurs lèvres dans un baiser voluptueux qui sentait la passion contenue. Toutes ces années perdues, toute cette souffrance vécue et le temps, leur pire ennemi qui passait en réduisant une à une leurs chances de se retrouver. C'est fini ! Ils sont ensemble enfin, l'un contre l'autre, frémissants d'un même désir, en proie à la même émotion.

Elle ouvrait grand les yeux pour mieux le dévorer du regard. Elle lui caressait la nuque comme elle l'avait fait une fois… sur la baie… une certaine nuit, dans la tempête, le froid, la neige, avant que tout ne se brise…

Alex lui murmura dans un souffle, sans desserrer son étreinte, « Je t'aime aussi, mon amour », son beau regard bleu plongé dans le vert kaki des yeux de sa rose des Sables. « Geneviève, je n'ai jamais cessé de t'aimer ! »

Le baiser qui suivit cette déclaration, même le plus talentueux des écrivains ne pourrait traduire la saveur particulière de ce premier échange sensuel qui transmet dans le corps et l'esprit la force des sentiments.

Malgré ou à cause de la situation anachronique entre drame et confidences, le désir se glisse au cœur de l'évènement comme un malin petit génie qui sait manœuvrer et trouver sa place au soleil des dangers.

Chacun dépose les armes, les reproches et les dilemmes, avec la seule volonté de reprendre à zéro cette symphonie qui devait s'achever en harmonie et en apothéose.

Assez de temps perdu ! Qu'importe les ravisseurs et comment les choses vont évoluer. L'essentiel ? Deux êtres qui s'adorent et n'osaient se l'avouer se sont retrouvés grâce à ces quatre révoltés.

Ils auront au moins réussi une chose, prendre l'amour en otage pour un bonheur en liberté !

Geneviève savait qu'ils devaient se rencontrer à nouveau, sur le chemin de la providence. Pas de cette façon, évidemment. « J'ai rêvé cette nuit de ton colonel, il va revenir, je l'ai vu dans un drôle d'endroit, un genre de bric-à-brac… un dépôt, je ne sais, c'était insolite… il était près de toi… Un ange me l'a dit alors, confiance, il reviendra, je le sais ! » N'étaient-ce pas ces mots qu'avait prononcé son père, quelques jours avant de mourir ?

— Moi aussi, j'ai vu un ange dit Alex, un ange noir, la Dame au capuchon noir, et qui sait si elle ne reviendra pas me chercher bientôt ?

— Ne dis pas de bêtises ! D'ailleurs ce n'était pas un ange, ni noir, ni blanc, C'était un démon ! C'est ton imagination qui a matérialisé ta peur de quitter ce monde. Je ne laisserai pas cette entité te reprendre, elle n'a pas le droit ! J'ai rêvé moi aussi que nous étions sur un magnifique voilier qui filait sur l'eau. En figure de proue, enlacés, souriant à l'avenir, un homme et une femme nous ressemblant étrangement fixaient l'horizon. Au creux des vagues, deux dauphins en forme de sourire dansaient, s'élançaient comme des étoiles filantes, si haut, si haut qu'ils s'évanouissaient dans les nuages…

Les rêves sont à la vie ce que l'eau est à la terre, le reflet de la vérité en transparence, la mémoire du futur, la boîte noire de nos vies, la liberté, l'oubli !

C'est dans ses rêves que Geneviève se réfugiait lorsque sa peine était trop grande. Alex l'a soutenu dans sa douleur à la mort de son père et également au décès de sa mère, sa meilleure amie, sa confidente, sa sœur d'esprit, son âme jumelle, sa chair, son sang !

« Je me réfugie dans le rêve, dans le monde flou de l'abstrait, ainsi la vie m'offre une trêve, je rejoins mon jardin secret… »

Une phrase figurant dans son livre où la poésie se marie souvent au rythme de sa prose. Animée par son esprit délirant d'espoir, son inspiration transcende le rêve et la plonge dans sa propre réalité.

C'est au présent qu'ils vivent leur rêve, c'est concrètement qu'ils s'aiment aujourd'hui, c'est follement qu'ils échafaudent les projets d'avenir, c'est passionnément qu'ils s'élancent l'un vers l'autre après tous ces désirs refoulés qui explosent en palpitantes sensations.

La vie reprend sa source au Mont Saint Amour, où résonne l'écho de leur passion réciproque ; deux êtres qui personnifient la complexité des sentiments amoureux ambigus et contradictoires.

Ils sont l'exemple même de la nature humaine. La seule espèce animale sur terre capable d'élever son âme jusqu'aux confins de la révélation suprême. Des créatures capables d'éprouver la pensée émotive, le souffle sensuel, la pulsion réfléchie, le sentiment d'amour. La seule information à valeur réelle, l'approche de la vérité biblique !

Alex se sent par miracle la vigueur d'un jeune homme, il n'entend plus sa raison, sa passion l'emporte au cœur de l'aventure ! L'aventure commence à l'aurore du crépuscule qui s'annonce enchantée. Son cœur en a marre d'être en rodage, il veut bondir et battre des records. L'amour n'est-il pas le meilleur carburant pour une course au bonheur ?

Ils s'enlacèrent à nouveau, cette étreinte n'avait plus rien de timide, leur baiser n'avait plus le parfum de l'hésitation, il se faisait plus sensuel. Leurs corps s'épousaient comme s'ils voulaient ne faire plus qu'un.

Rien n'arrêtera leur pulsion qui devra s'assouvir avant que les forces de la Gendarmerie et de la Police viennent les libérer de leur prison. Il est des liens qui les attachent encore plus fort.

Prisonniers d'un passé qui les a trahis, ils se déchaînent enfin pour s'enchaîner à l'arbre de vie aux fruits délicieusement charnels.

Alex et Geneviève sont arrivés à l'intersection de leur fantasme, à la croisée de leur destin ; ils ont bien failli se manquer en suivant un chemin parallèle. Comme on le dit, ils sont faits l'un pour l'autre, un lieu commun mais ce n'est pas le cas pour tout le monde. L'amour est aveugle mais là, chacun peut être fier d'être aimé de l'autre. Toutefois, l'amour n'a pas de loi ni de logique et l'attirance d'un être pour un autre peut nous paraître étrange…

On se demande parfois comment un être qui semble intelligent, sensible et sensé peut être attiré par un autre être qui totalise autant de défauts à la fois physiques et moraux ! On connaît des couples si mal assortis que l'on se pose des questions auxquelles on aimerait répondre.

Par exemple, un homme distingué, sexy, grand élégant avec une petite rabougrie de bobonne, l'air renfrogné, sans aucun charme, même pas jeune et dont les traits de caractère sont à l'échelle de ses disgrâces anatomiques. Parfois c'est le contraire.

Comment peut-on tomber amoureux d'un homme ou d'une femme dénuée de toute attractivité ? Il faut que ses qualités de cœur soient exceptionnellement bien cachées ou que son habilité à procurer à l'autre une telle jouissance – j'utilise le mot dans le sens large – soit telle qu'il ou qu'elle en oublie le reste. Peut-être aussi que les cristaux de son âme sont taillés juste à la mesure des besoins complexes de l'autre ?

On peut se poser ce genre de questions mais en fait, il n'y a pas de règles et tout est possible. Un autre exemple : une jolie personne que tout le monde admire, dont la beauté physique et morale est évidente et reconnue, qui totalise des qualités et des dons à épater son entourage. Ce personnage béni des dieux effraie plus encore qu'un monstre de laideur et de cruauté.

Pourquoi ? Parce qu'il met en danger le confort mental de l'autre. C'est un enfer que de se sentir en état de faiblesse chaque jour de sa vie avec toujours à ses côtés une sorte d'entité, presque inhumaine, tant elle a de grâces et de richesses. Les gens qui tendent à la perfection sans toutefois jamais y parvenir sont chiants et mettent à mal les pauvres pêcheurs que nous sommes tous au fond.

Chapitre 25
Encore, encore…

Chacun trouve paraît-il, chaussure à son pied. Pourtant beaucoup marchent à côté de leurs pompes ! Pour Alex et Geneviève, c'est un rêve ! Une rareté, un miracle ! Le couple idéal ! Ils réunissent à eux deux tous les éléments pour symboliser l'amour fait « UN »

Cendrillon a retrouvé son Prince, il est un peu fatigué mais l'énergie d'amour qu'elle lui insuffle est plus efficace que tous ses remèdes de longue vie. « Courte et bonne », Alex le répète souvent mais à présent, il voudrait que l'instant devienne éternité.

C'est au milieu de ces reliques, de cet univers chargé de vies passées et d'objets hétéroclites abandonnés qu'ils s'abandonnèrent eux aussi aux affres de la sensualité, sans prendre pour l'heure le luxe de s'offrir un flot de questions superflues.

Ils profitent de cette éclipse totale pour rouvrir une parenthèse trop vite fermée et donner au présent sa notion d'infini.

La nuit tombait ainsi sur la forêt alentour, sur les tabous et les convenances ; une nouvelle page s'inscrivait en extase, en orgasme épicurien, en jouissance spirituelle, en amour partagé.

Leur corps tenait un langage qui ne leur laissait plus placer un mot, sinon un souffle, un murmure échappé de leurs lèvres entre deux baisers fous. Le désir confiné, mijoté, macéré prenait la saveur d'un mets de qualité. Le parfum concentré d'une fleur rare, les couleurs subtiles de l'aile du papillon qui sort de sa chrysalide et s'envole pour défriper sa robe de dentelle.

Enlacés tendrement ils échouèrent sur le canapé qui semblait les attendre dans un ballet de bras mêlés, de mains gourmandes qui s'accrochent à l'autre avec avidité, se lâchent et se reprennent. Ils amorcent la parade du désir qui passe par le jeu de paumes. Les mains, un thème de chanson qui nous rappelle le grand Bécaud. Elles effleurent, elles attouchent, elles caressent. Une véritable pieuvre jouant de ses tentacules dans une chorégraphie érotique.

Le désir, la jouissance, « ce qui ne cesse de ne pas s'écrire » la formule de l'impossible, liée au rapport sexuel, définit par Jacques Lacan. L'amour est, selon lui, cette main qui se tend vers le fruit, vers la rose… Une main sort à la rencontre de la main qui est la vôtre, et à ce moment précis, c'est votre main qui se fige dans la plénitude fermée du fruit, ouverte sur la fleur, dans l'explosion d'une main qui flambe. Alors, ce qui se produit là, c'est l'Amour !

Il dit au sortir de son séminaire « ENCORE » et pour conclure : « ça cesse (un instant) de ne pas s'écrire ».

— La vie commence à soixante ans, nous sommes en avance, ma chérie, dit-il en enfouissant ses mains dans les cheveux défaits de Geneviève, qui dégrafait son joli corsage vert jade, façon « autrefois », d'un geste lascif, bouton par bouton. Son corps ondulait pour faire glisser lentement la jupe ouverte jusqu'aux cuisses qui descendait à chaque mouvement de hanche… elle arrêta soudain son coquin numéro de strip-tease et lança d'un air enjoué.

— Si on buvait un doigt de trouspinette ? J'en ai vu une bouteille sur le buffet. Soyons fous, c'est notre soirée, prisonniers ou pas, l'amour nous délivre !

— Pourquoi pas, rétorqua Alex, surpris ma foi du changement de comportement de la belle écrivaine qu'il savait romantique mais là, elle se transformait en une femme irrésistible de séduction.

— Après un verre ou deux, la jupe était descendue jusqu'au pied du divan. C'était divin ! Ils étaient complètement nus et le ballet sensuel reprit sur un rythme acharné, la danse des amants frustrés qui voient à travers ces élans concrets, passer la bande annonce de leurs rêves érotiques.

Une exclamation sortit de la bouche d'Alex qui n'en revenait pas. Sur le petit triangle, là, où il fait si bon se reposer au creux de la forêt proche de la source de vie… Un camélia et une rose entrelacés ornaient le sexe de sa dame, en remontant de chaque côté de l'aine. Un joli bouquet très évocateur ! Plus un poil, mais des fleurs, des pétales, des épis d'or, une véritable composition florale qui laissa le Général coi d'étonnement.

— Je pensais tellement à toi, je n'espérais plus te revoir, surtout de si près. Mon jardin intime n'appartient qu'à moi. Chaque soir, je t'offrais ce symbole d'amour, « ce cœur du bas » qui frémit et qui bat aussi fort pour toi que l'organe qui me fait vivre. Il parle aussi, il s'exprime à sa façon et se languit de toi à m'en rendre malade. Cette rose et ce camélia sont les seuls témoins de ton amour pour moi. J'ai voulu immortaliser cet amour sur la partie de mon corps la plus liée à mon cœur en sensations et en ferveur.

— Mais… Mais… Ne me dis pas que « cette chose » est définitive … ? Que ces vilains dessins sont inscrits dans ta peau comme un message idiot gravé dans l'écorce d'un arbre ?

— Je t'ai dans la peau, dit-elle, d'un air mutin en souriant presque timidement.

Dans l'état premier où ils se trouvent tous les deux, exhibant sa nudité à l'être tant désiré, Geneviève se permet le luxe de rougir !

— Mais non ! Rassure-toi, c'est un faux tatouage, je n'aime pas modifier la nature de quelque manière que ce soit, pas plus que je n'approuve les marquages virtuels de territoire où les initiales d'amoureux stupides, à même la chair d'un arbre qui saigne de sève pour des amours souvent éphémères.

L'effet de surprise passé, ils se mirent à rire de la situation, ce qui n'arrêta pas l'envie réciproque de se jeter l'un sur l'autre comme deux oiseaux ivres de plaisir.

L'oiseau mâle vint tout naturellement se poser sur les fleurs offertes, au creux du nid, pour faire éclore en tendresse leur désir de s'aimer.

Plus rien n'existe autour d'eux. L'inquiétude, la peur, l'angoisse. Tout a disparu. Ils sont tout neufs, nus moralement et physiquement comme au premier jour de la création. Nus devant leur éternité.

Chapitre 26
Jusqu'à l'oubli

Alex, grand viril, le seul homme qui a fait monter en elle presque un orgasme rien qu'en l'embrassant. Son sexe palpitait de plaisir, utilisant son langage propre, celui que la nature lui a transmis en envoyant à travers tout son corps, la chaleur humide de sa délicate petite forêt tropicale, de sa douce plage aux désirs brûlants.

Alex lui offre sa virilité dont elle a rêvé si souvent et plus que rêvé ! En regardant sa photo, en s'imaginant qu'il était en elle, qu'il lui appartenait tout entier, elle vibrait d'illusions et pleurait de dépit. Elle pensait à ses yeux clairs et la superposition du sexe de l'homme aimé, mêlé à son regard tendre et amoureux, synthétisait pour elle l'image de l'amour et suffisait à lui ouvrir les portes du Nirvana.

Elle pouvait toucher virtuellement chaque parcelle de son corps livré à ses fantasmes. L'imagination est telle qu'il est sans doute impossible de jouir aussi pleinement qu'en rêve. En totale liberté, tout à son gré, sans crainte d'être perturbé par le sujet qui là, subit, s'abandonne. Il obéit aux lois exclusives de la volonté de l'autre qui le manipule en se masturbant l'esprit.

Geneviève l'embrasse partout, mais cette fois, c'est bien réel. Elle ne rêve plus, ses lèvres effleurent à peine ce corps qui réagit sur la caresse mouillée de cette femme qui met toute son âme dans l'expression de son désir pour satisfaire cet homme qui hante ses jours et ses nuits depuis trop longtemps. Elle donne tout ce qu'elle a aujourd'hui en son pouvoir.

Elle veut partager avec lui ce bonheur des sens pour s'en souvenir jusqu'à la fin des temps. Elle continue de l'embrasser sensuellement. Il est étendu, les bras levés, soumis. Elle passe sa langue tout doucement, furtivement sur ses aisselles, sur sa taille, il tressaille sous la caresse, frissonne puis se détend. Il attend, il savoure chaque passage de cette bouche pulpeuse qui suggère, promet et s'émeut de rencontrer tant de douceur pour une peau masculine qui dégage un parfum de subtile virilité.

Elle détaille, comme à la loupe, ce corps chaud et descend peu à peu vers le nombril où la plage aux sensations se dessine en quelques touffes légères de buissons duveteux. Enfin, retenant son souffle, transpirant déjà d'impatience, elle plonge sa tête tout entière dans son jardin aux senteurs mâles. Elle respire de l'intérieur, en apnée profonde, se nourrissant de chaque secousse de son grand volcan assoupi. Elle réagit à chaque mouvement de rein qui fait monter la sève qui jaillira bientôt en éruption d'amour.

Elle sourit à chaque fois qu'il gémit sans lever la tête, sans ouvrir les yeux, elle donne du plaisir à son homme et la douce plainte qu'il émet est pour elle un immense bonheur.

Pendant qu'elle lui offre cette intime caresse, il la regarde subrepticement. Sa chevelure forme sur son ventre un éventail aux couleurs fauves. Sous cette parure : le visage enfoui de la femme qu'il aime et cette bouche rouge rubis au sourire merveilleux qui le dévore voluptueusement comme si elle connaissait chaque point sensible de son corps, jusqu'à la façon d'entrer dans les rouages complexes de son plaisir.

Elle a par magie, ou plutôt par amour, trouver la clé de sa jouissance.

Après les délices préliminaires, la tension sexuelle, tout en suspens, se manifeste à la manière d'un funambule qui cherche l'équilibre sur un fil.

En amour, le problème de la gravitation joue au même titre que les objets qui tournent à l'infini dans l'univers cosmique. Chacun gravite autour de l'autre, autour du désir de l'autre, cherchant à se mettre en orbite pour ensuite ne faire qu'une seule et même planète au sein d'une galaxie de sensations éclatées.

Geneviève, la pure et romantique artiste qui maîtrise l'art pictural et littéraire avec talent, se surpasse dans l'art d'aimer.

Laissant l'ouvrage qu'elle a tissé fil à fil, l'araignée lâche sa proie pour glisser en douceur vers la bouche entre ouverte de son futur amant.

Tout en l'embrassant sauvagement, elle sent bouger entre ses cuisses ce morceau de lui qu'elle aurait voulu dans le plus fou de ses rêves sentir jusqu'au fond de sa gorge à en étouffer de plaisir.

Ce dernier baiser a embrasé leur deux corps, une vraie poudrière ! Mais il résiste à l'émoi qui l'envahit, patience ! Alex n'est pas un égoïste, l'amour bestial, il ne connaît pas ! Il est bien trop sensible et délicat pour prendre sans donner en échange le meilleur de lui-même.

Interrompus par la surprise du champ de fleurs dans la petite prairie intime de Geneviève, Alex se sent une âme de jardinier. Il jette un regard attendri sur la rose et le camélia entrelacés. Il reste encore en lui un brin de timidité, l'appréhension, peut-être de n'être pas à la hauteur. Il veut la satisfaire pleinement, qu'elle oublie tout le chagrin qu'il a pu lui faire et qu'elle entre avec lui au paradis des amants comblés.

Ses caresses se font savantes, il devance ses désirs. Il pressent ses envies. Il devine les équations complexes que son cortex exige pour une jouissance charnelle plus intense, en harmonie de la pensée érotique émise, jusqu'aux gestes spécifiques qui exhaussent l'imaginaire.

Il l'embrasse sans même prendre le temps de respirer pour ne pas rompre le flux du plaisir qui prend sa source sous l'agréable jeu de langue qu'il pratique en expert.

Comme un virtuose, il varie sur toute la gamme. Il interprète la plus merveilleuse symphonie crée depuis Adam et Eve juste avant qu'il ne goûte au fruit défendu. Il hésite un moment, de moderato en allegro, il retrouve presto le petit bouton de fleur, le fragile et délicat pistil qui gonfle sous son ardeur. Arrivé au point culminant, sur le mont des délices, il la sent qui s'accroche à son bras en lui enfonçant ses ongles dans la peau jusqu'au sang. Elle s'arqueboute, vibre comme un violon sous l'archer, retient un gémissement puis son corps tout entier se couvre de sueur. Elle libère en une fraction de seconde tout ce que son cœur, son corps, son âme, son esprit ont accumulé d'énergie pour vivre ce moment présent qui lui offre plus que le passé n'a su lui donner. Sa mémoire grave cet instant précieux dans la « boîte à secrets intimes » de son cerveau, au coffre fort des valeurs éternelles. Elle espère toutefois que cette page – la plus belle de sa vie – ne tournera jamais, et si cela était, elle relirait sans cesse ce chapitre jusqu'à ce qu'elle s'endorme du dernier sommeil.

— C'est bon, c'est bon, encore, encore ! Je t'aime, je t'aime… Mon amour, Alex…

— Ma chérie… Attends, je viens… Oui, oui… Geneviève… Je t'aime…

Ensemble, heureux, ils ont franchi la frontière du désir pour s'envoler encore plus loin, là où le bonheur de vivre se conjugue dans une dimension intemporelle, sur des terres fertiles, sur des océans habités de merveilles, sur la plus belle plage de la planète « osmose » où nos esprits s'exposent aux feux d'un soleil aussi grand que le mystère du monde.

Comme hébétés de tant de bonheur, ils se sont enlacés si tendrement que l'on aurait dit deux enfants qui viennent de découvrir quelque chose dont ils ne mesurent pas encore la portée mais dont ils reçoivent l'écho d'un univers tout en splendeur.

Sortis d'un rêve, ils réalisent avec joie qu'ils ont enfin vécu cet amour, qu'ils l'ont quasiment enfanté. La délivrance est telle, qu'ils en oublient presque qu'ils sont les victimes d'un drame et que la fin de l'épisode pourrait se terminer tragiquement.

— Tu sais, tu es un amant merveilleux, Alex. Jamais je n'ai éprouvé un bonheur aussi fort en sensations, j'ai même crié, te rends-tu compte ? Moi, j'ai crié ma jouissance ! C'est bien la première fois que cela m'arrive. Je t'attendais ! J'ose même t'avouer que sous tes caresses, j'avais l'impression d'avoir un clitoris dans chaque pore de la peau ! J'en ai eu des frissons dans les neurones. Jamais je n'aurais pensé en arriver à te confier des détails aussi insolites sur mes sensations intimes.

Elle se mit à minauder en lui disant cela comme si la petite fille d'un coup revenait en elle, frivole, espiègle ; mais tout le monde sait très bien que quand on aime, l'âge n'existe pas. L'amour rend jeune, l'amour est le remède à tous les maux, même la mort devient plus douce quand celui et celle qu'on aime est à vos côtés. Ne parlons pas de la faucheuse, elle n'a rien à moissonner pour l'instant ; là où la vie bat son plein, la mort peut attendre !

Dans la fulgurance de l'orgasme, Alex a complètement oublié qu'il a risqué sa vie dans sa folie, sa course au plaisir.

Chapitre 27
Miracle d'amour

— Alex, comment te sens-tu, dis-moi ? Sais-tu que tu as fait l'amour sans prendre la « pilule d'avant » ?

— Je me sens revivre ! Je ne me suis jamais senti aussi bien ! C'est sans doute le miracle de l'amour ! Si tu veux en être sûre, je te propose de recommencer ajouta t-il en souriant. C'était, tu le sais, la période de rodage, tu vas voir quand je mettrai le turbo ! Mais, rassure-toi, pas maintenant… Au fait, si nos quatre ravisseurs étaient revenus au moment où… tu t'imagines ?

— Je pense qu'ils seraient repartis pour ne pas nous déranger, dit-elle en se relevant pour aller quérir un grand verre d'eau à boire en duo.

— J'imagine aussi mes collègues de la Gendarmerie… Qu'auraient-ils pensé en entendant nos plaintes ? Ils auraient à coup sûr enfoncé la porte, nous croyant à moitié mort, hurlant de souffrance… Au fait… que fait notre commando de choc ? Il est minuit passé, je crois que les uns comme les autres attendront le petit matin. En principe, toute intervention se pratique à l'aube.

— Ne sommes-nous pas à l'aube de nos vies, condamnés à nous aimer pour le meilleur et pour le pire ?

Pour en venir à des détails plus prosaïques, ils ont trouvé dans la caverne d'Ali Baba, « façon pinèdes » tout ce qui leur était nécessaire : de quoi se restaurer, se désaltérer et se rafraîchir. La chance a voulu que le propriétaire de cette demeure aménage dans ce foutoir improvisé de vacances, un cabinet de toilette prévue pour les pensionnaires d'un jour qui auraient trop forcé sur l'alcool après un repas de jambon braisé aux mojettes.

C'était bien pratique pour nos deux tourtereaux qui venaient de vivre une farandole amoureuse qui méritait d'être baptisé en vin du terroir pour célébrer leurs étonnantes retrouvailles.

— Qu'allons-nous faire maintenant ? demande Geneviève, tout de même un peu inquiète de l'avenir proche.

— Rien, ma chérie ! Que veux-tu que nous fassions, sinon attendre sagement la suite des opérations. Je suggère que l'on se repose avant le petit matin.

— Oui, tu as raison, cela n'avancerait à rien d'épiloguer sur l'issue de cette aventure qui reste un mystère. Et toutes les hypothèses que nous échafauderons ne feront que nous tourmenter. Laissons le destin s'accomplir, jusque là nous n'avons pas à nous plaindre. A croire que le grand architecte de l'univers aura créé toute cette mise en scène dans le seul but que nous nous aimions ?

Geneviève s'allongea la première sur leur couche encore imprégnée de l'odeur du plaisir, Alex vint la rejoindre. Elle posa sa tête sur la poitrine nue de son « Prince » retrouvé. Il lui caressa le dos tendrement pour qu'elle se détende. Il a compris déjà qu'elle adore ça comme une petite chatte sensible aux papouilles.

Sans se préoccuper outre mesure de leur position tout en anachronisme et en invraisemblance, ils s'endormirent comme deux adolescents qui viennent de vivre leur première nuit d'amour.

Chapitre 28
Révolte

Calidou surgit dans le sous-sol comme un animal sauvage, une vision étrange ! Il est à moitié blanc, à moitié noir, un côté de son visage sourit, l'autre pleure. Il grandit, s'allonge comme un génie qui sort de sa boîte et vient danser devant le nez de l'écrivaine qui le regarde, apeurée. Il se contorsionne, son visage rétrécit pour n'être pas plus gros qu'une tête d'épingle et se glisse dans le creux de l'oreille de Geneviève.

Elle voudrait s'enfuir mais n'y parvient pas. Elle tente de se libérer de cette désagréable sensation d'être habité de l'intérieur comme si sa conscience lui parlait par la bouche de Calidou.

— Tu crois que c'est bien de te leurrer toi-même en inventant des histoires rocambolesques ? Tu joues l'autruche ! Regarde les choses en face, tu n'es plus une enfant. Tu croyais être à l'abri du coup de foudre, mais on ne se protège pas des coups de cœur comme on le fait pour les coups de soleil ; il n'y a pas d'onguent ni de vaccin pour les plaies de l'âme.

Ouvre les yeux, l'homme de ta vie refait la sienne, sans toi, avec une autre ! Tu peux bien sûr remonter le temps et refaire ton monde à ta façon. L'imagination peut tout reconstruire autrement comme tu l'aurais voulu mais tu n'as pas le droit de nous manipuler ainsi. Nous n'y sommes pour rien ! Tu te sers de nous pour mener ton combat, nous ne sommes pas tes mercenaires.

Arrête de te voiler la face ! Aucun homme ne mérite qu'on le vénère tel un Dieu. Cesse d'idolâtrer le pauvre

Alex. « L'Homme est un petit univers et l'Univers est un grand homme » ! Aime le dans l'Absolu ! C'est ça, essaie de relativiser l'absolu ou d'absolutiser le relatif…

— Quel charabia, se dit Geneviève. Que me racontes-tu là, Calidou ? Je l'aime, c'est tout ! J'ai bien le droit de me faire du cinéma puisque la réalité me trahit. Et puis, ça suffit, retourne d'où tu viens ! Tu n'es pas ma conscience, elle est tranquille, je n'ai rien à me reprocher. Je souffre et la vérité n'a jamais guéri personne, je préfère le rêve. Laisse-moi !

Geneviève s'agite dans son sommeil mais Alex ne bouge pas. Il dort profondément, épuisé par cette journée tumultueuse et par leur soirée de folies amoureuses.

— C'est au tour de François Dupont d'intervenir au cœur de ses rêves tourmentés.

— Dis-moi, petite dame à la plume acerbe, tu triches, tu mens, tu divagues, tu n'as pas peur de tomber d'encore plus haut en te trompant toi-même ? Tu ne pourras pas t'en sortir indemne ! Ta souffrance sera encore plus grande si tu occultes la réalité. Réfléchis, tu me fais une réputation digne d'un monstre de racisme alors que je suis un simple quidam pas plus méchant qu'un autre. Tu exagères, je n'ai rien contre les gens de couleur, de la diversité naît l'élite !

Je n'ai rien non plus contre les gens de peu. N'ai-je pas écrit dans mon livre : « Les gens de peu d'écus ont souvent plus d'esprit que tous ces parvenus, ces vrais faux culs nantis » ?

— Tu n'as jamais écrit cela, intervient Geneviève au creux de son cauchemar. J'ai lu ton roman, ton esprit ne conçoit pas la poésie. Il est dénué de toute sensibilité et quant à la philosophie, tu ferais mieux de lire le roman d'Alex, c'est d'un autre niveau.

— Ce Dupont n'a rien écrit du tout ! s'exclame Jamila qui vient d'on ne sait où et se trémousse presque nue, vêtue d'une tenue orientale. Elle danse le twist sur une musique techno.

Rafi le bel Israélien regarde la scène, amusé. Il évolue au milieu de la pièce comme s'il marchait sur l'eau. D'ailleurs il pleut soudain dans son rêve, une pluie de larmes. Puis une dame tout en blanc telle une mariée apparaît et prend tout l'écran de ses songes. Elle vocifère, elle hurle. « Je ne suis pas morte, j'existe ! Il est à moi ! Ne m'enterre pas si vite… »

Alex vient d'éteindre la lueur blanche aveuglante qui prenait la forme de cette vilaine fée en costume de noce. Il a dans sa main la petite Thiya qui saute de sa paume et plonge dans une mer agitée pour s'évanouir dans les eaux boueuses d'un marécage où grouillent des crocodiles à tête d'éléphant. Alex, d'un revers, chasse tous les personnages de cette saga nocturne et son sourire béat se superpose effaçant toutes les horribles visions inquiétantes. Il souriait toujours quant la Dame au capuchon noir fit son entrée au théâtre fantastique, elle frappait la mariée à coups de balai de sorcière. Alex s'écroulait vaincu par les forces de la mort aux prises avec celles de la vie. Il se tenait la tête entre ses mains et criait : « Assez, assez, partez ! Partez tous, je n'en peux plus… »

Et là Geneviève se réveilla inondée de larmes et frissonnant d'effroi.

Alex s'assit sur le lit, il la prit dans ses bras et la secoua légèrement pour la faire sortir de sa torpeur.

— Alex, j'ai vu et entendu de drôles de choses, c'était terrible, tu sais ! Elle parlait en sanglotant, ses lèvres tremblaient nerveusement.

— C'est rien, ma chérie, un mauvais rêve, avec ce que nous avons vécu, c'est normal que tu sois dans un tel état, ton esprit s'embrouille et tes rêves sont le reflet de tous ces évènements. Ils bousculent ta petite vie d'écrivain qui n'a d'aventures que celles subites par tes personnages.

Bientôt tout rentrera dans l'ordre, sauf toi, mon ange ! Je ne t'imagine pas du tout en nonne ! Je préfère te voir resplendissante de bonheur, rayonnante de joie au bras de ton époux, un bel officier en grande tenue, comme moi par exemple… Voilà une vision intéressante ! Geneviève, je sais que ce n'est pas l'heure pour cela, mais il n'est jamais trop tôt pour bien faire ! Geneviève… Veux-tu m'épouser ?

A peine remise de son cauchemar, elle murmure :

— Alors, c'était moi la mariée, c'était un rêve prémonitoire…

— Mais, non, mon amour ! Oublie tes rêves, n'essaie pas de les traduire, ce que je te demande est bien réel… Veux-tu devenir Madame Debussy ?

La réponse est venue se poser dans le regard de Geneviève qui s'intensifia d'émotion et sur ses lèvres un sourire apaisé, presque enfantin s'installa. Elle était épanouie, transfigurée. Après une nuit de cauchemar, c'est le plus beau rêve de sa vie qui se réalise. C'est ça la loi des contrastes !

— Il est trois heures du matin, veux-tu te reposer encore un peu et je te promets qu'à ton réveil, je te préparerai un petit déjeuner avec les moyens du bord… Elle s'apprêtait à dire quelque chose…

— Non, ne dis rien…

Un baiser vint étouffer ses paroles et ils restèrent ainsi, côte à côte, muets de bonheur.

La nuit levait son voile. A travers la petite fenêtre au ras du sol, le jour entrait timidement et éclairait à peine les deux amants qui se tenaient toujours par la main. Ils étaient parfaitement détendus, détachés de tout et attendaient sereins et confiants dans la clarté de l'aube, l'heure de leur libération. Libres, ils le sont déjà puisqu'ils s'aiment, l'amour libère tous les oiseaux de toutes les cages vers des cieux où un vent nouveau leur frôle les ailes de son souffle salvateur.

Il est six heures du matin, heure légale. La Gendarmerie n'a pas attendu ce moment fatidique mais leur recherche aura duré toute la soirée, la nuit et dès les premiers rayons de jour, le chien Bac junior avait repéré les traces olfactives de nos deux otages. La forêt d'Olonne n'est pas immense mais les petites maisons isolées susceptibles d'abriter des prisonniers sont nombreuses. Il fallait bien le flair du chien Bac pour pister et reconnaître l'odeur particulière de ces deux êtres.

Ils dégagent un parfum spécifique, une onde odorante, une flagrance exclusive que l'animal sent peut-être aussi bien que les phéromones ; ces informations qui commandent à leurs sens et à leur instinct, réveillant en eux la pulsion atavique et le besoin génétique de s'accoupler. Peut-être que les sentiments amoureux émettent ces effluves subtils que seul cet as des toutous renifleurs est capable de capter.

Toute la brigade était sur les dents. Les experts en matière d'enlèvement, de séquestration et d'actes terroristes ont été mobilisés pour cette affaire. Il n'a pas fallu longtemps à ces cracs des actions de commando pour remonter jusqu'aux quatre membres du PQJSF qui sont tombés dans leurs filets. Ils ont déjà eu l'honneur des journaux du matin et les médias ont pris au sérieux leurs revendications. Ils feront la une de toutes les infos télévisées de la planète et pourront exprimer leur détresse à la face du monde.

Chapitre 29
Tout en truffes

L'équipe cynophile est arrivée très tôt, suivie des enquêteurs, des spécialistes de l'identité judiciaire, de la police scientifique et des gendarmes de la brigade locale.

Bac junior est descendu du ciel comme un sauveur. Il n'est pas peu fier de faire partie de cette expédition. Il a l'habitude de ce genre de sport à l'entraînement. Il vient d'une grande école, la plus grande d'Europe donnée en exemple : le Centre National Cynophile de la Gendarmerie. Son père n'est autre que Gendy, la mascotte a quatre pattes des « maîtres de chien ». Papa Bac était un champion et sa carrière s'est terminée dans la gloire puisqu'il représente à lui tout seul le symbole de l'amitié, de l'efficacité et de l'amour entre l'homme et son fidèle compagnon. La devise du Centre de Gramat dans le Lot n'est-elle pas : « TOI ET MOI POUR EUX » ? Et c'est vrai ! L'homme et le chien au service de la société.

Bac senior est maintenant retraité et vit au ralenti sous l'avalanche de caresses de ses nombreux maîtres qui le flattent, le bichonnent et le traitent en héros.

A chaque manifestation de remise des coupes, tous les ans, il est à l'honneur dans son petit chalet en bois où est inscrit son nom en gros caractère : « GENDY ». Le chien le plus gentil et qui a un caractère de chien, parfois ! « J'en dis » pas plus… Même s'ils le voulaient, les chiens ne pourront jamais surpasser en défaut et en tare la nature humaine.

Les épreuves du « Bac » commencent au moment où il est héliporté sur le terrain. Il se balance dans les airs, harnaché jusqu'aux dents avec son maître qui le rassure. Tant que son papa humain est près de lui, il n'a peur de rien. Il affronte tous les dangers. C'est un jeu et pour plaire à son maître, il se jette dans le vide, traverse le feu, monte aux arbres. Il est capable de tout pour lui prouver qu'il l'aime. Il obéit au doigt et à l'œil pour une caresse, un joujou, une récompense méritée, pour le regard satisfait du chef.

Bac est un excellent sujet et lors des démonstrations de chiens de ring, il est le plus cabotin de tous et ses attitudes prouvent bien qu'il se délecte des applaudissements. Comme un acteur qui salue son public, ses oreilles dressées, son noble port de tête, son fouet qui bat la mesure au rythme de son succès. Un bel animal dont chaque élève est fier.

A peine a-t-il touché le sol que Bac Junior, fidèle à sa réputation, se mit à galoper sur les traces de Geneviève et Alex. Son maître, le gendarme Gustave, venu de la brigade canine de Nantes, avait beaucoup de mal à le retenir. Il tirait sur sa longe en flairant chaque brindille, le nez au ras des herbes sèches. Une queue qui frémit, des pattes qui s'agitent, les oreilles au vent, un chien sans tête, tout en truffe !

Il ne fut pas long à repérer la cache, il tournait sans répit et soudain, il donna le fameux coup de nez ! Le secteur fut aussitôt quadrillé. La petite maison dans la forêt était là, à quelques mètres, droit devant, encore un petit chemin épineux, un buisson touffu et Bac allait encore une fois sortir victorieux de cette aventure.

Mais au moment où il entrait dans la clairière, sortant d'une allée de pins calcinés par la sécheresse qui sévit en cette fin de juin, Junior se trouva nez à nez avec un énorme sanglier. C'est au petit matin qu'ils sortent, à la fraîche. Gustave ne bougea pas. Dans ces cas-là, le silence est d'or. Il faisait entièrement confiance à son chien qu'il avait détaché à l'instant où il fonçait sur la maison dont on apercevait déjà le faîtage à travers les arbres.

Lequel des deux effrayait l'autre, on ne sait ! Ils se trouvaient truffe à truffe, aussi surpris l'un que l'autre de cette rencontre incongrue.

Immobiles, comme tétanisés, ils se regardèrent dans les yeux sans montrer de signes d'agressivité. Surprenant intermède !

Le sanglier se détourna et s'en alla, débonnaire, dans la direction opposée, ce drôle d'animal aux oreilles pointues ne l'impressionna pas. Bac Junior, préoccupé par sa mission poursuivit son enquête et regarda furtivement le gros cochon s'éloigner et disparaître derrière un buisson.

Ce fut un soulagement collectif et chacun se réjouit de voir l'incident clos.

« Les bêtes entre elles sont plus pacifiques que nous humains. Ils se sont sans doute dit des choses qui nous échappent, pensa tout haut Gustave qui s'essuyait le front du revers de sa main, une sueur froide l'avait envahi soudain. Ouf ! J'ai eu chaud. Sacré Bac ! Un maître chien, ce cabot… ! »

Gustave tenait toujours à la main le petit Pluto en tissu, imprégné de l'odeur de Geneviève, ce porte-bonheur retrouvé sur la table d'Alex lors de la dédicace mouvementée. C'est ce qui a permis au chien de suivre à l'odorat la trace des otages.

Les otages qui allaient bientôt être libérés après un jour et une nuit de captivité ; laquelle n'a pas été aussi terrible que le supposait l'ensemble de la gente répressive. Le GIGN n'eut pas besoin d'intervenir dans l'affaire, la brigade canine de Gendarmerie, en collaboration avec tous les services assimilés, retrouva nos deux captifs sains et saufs. Ils n'avaient pas l'air d'avoir souffert outre mesure de cette aventure mais semblaient cependant heureux d'être libres ! Ils échangèrent un regard complice et avant qu'ils n'aient eu le temps de remercier l'ensemble des effectifs, le chien Bac était auprès d'eux. Il battait du fouet à s'en décrocher les poils. Il gémissait de joie, il faisait la fête et attendait en jappant sur un ton aigu, la récompense : des caresses, des mots tendres et aussi, pourquoi pas, une friandise !

Le lendemain, à la Librairie Centrale, ce fut la bousculade pour acquérir les œuvres de nos deux célébrités qui dédicacèrent plus de livres que si rien ne s'était passé. C'est ainsi ! La promotion était toute faite. Les journaux, la radio, la télé, tous les médias avaient fait le compte-rendu de l'affaire : un reportage spécial montrant la sortie des deux otages et en vedette, le chien Bac Junior, sa bonne grosse tête tenait tout l'écran et dans ses yeux, tout l'amour du monde…

Chapitre 30
Pourquoi me suis-je réveillée ?

Le destin, la providence, le créateur du monde ou tout simplement l'Amour ! Cette synergie extraordinaire qui fait des miracles à en rendre jaloux tous les dieux de la terre… avait exhaussé leurs prières ! Ils sont libres, libres de s'aimer enfin ! La vie n'est pas si moche après tout ?… Soudain, Geneviève se frotte les yeux, secoue la tête…

Tout devient flou, que se passe t-il ? Une distorsion de l'image, un bug temporel de l'espace ? Un virus cosmique, une gomme divine, la fin du monde ou la fin d'un rêve ?

Bac Junior traverse l'écran, sa truffe grossit, se déforme, elle prend toute la lumière puis c'est le noir total !

Geneviève ouvre les yeux sur son cauchemar qui reprend dès que le jour se lève…

* * *

Nous sommes le 26 mai 2006. Le réveil est terrible, aussi terrible que la nouvelle qu'elle a reçue quelques jours auparavant. Ses larmes de la veille au soir, séchées, lui font comme un masque d'argile. Le sel de ses pleurs fige son expression dans la douleur.

Elle n'arrive même plus à pleurer. Mon Dieu, pourquoi ? Mais pourquoi me suis-je réveillée ?

C'était si beau, c'était plus beau qu'un quatorze juillet sur le remblai des Sables ! Mon cœur s'allumait comme un lampion de fête… J'étais aveugle, je le suis hélas encore.

L'amour a fait son œuvre. Amoureuse éperdue, amoureuse et perdue ! Une lumière intérieure éclairait mes illusions, je marchais vers un bonheur qui planait à l'horizon. Illuminée d'amour, je chantais la vie belle : « Chante, la vie chante comme si tu devais mourir demain… » Encore une chanson célèbre ! On fugue, on fuit mais l'amour nous rattrape en nous faisant des accroches-cœur, des coups de boule à l'âme qui nous cassent et nous fracassent comme un vase de faïence. On se retrouve en chiens de faïence à se regarder d'un air méfiant, fini la confiance en cette chienne de vie !

Cupidon a transpercé mon cœur de sa flèche empoisonnée. J'en ai oublié celle du temps qui m'emporte mais qu'importe, je n'ai plus peur de rien. Vivre d'amour et d'eau fraîche, je crois encore que c'est possible, d'ailleurs tout est possible quand on aime vraiment… et que l'on est aimé de celui qu'on aime ! Mais moi, je n'ai pas cette chance !

…Je viens d'avoir quinze ans au bout de mes cinquante, je vis un rêve fou, la passion me dévore, le désir m'envahit tout entière.

L'amour vient de frapper à ma porte et réveiller mon âme d'adolescente sur le retour. Une Lolita du troisième âge ivre de bonheur et d'insouciance. Je savoure ces sentiments étranges et merveilleux pour la première fois… Ou bien ils étaient si discrets que je ne m'en souviens pas ! Là, au contraire, ils explosent, ils jaillissent en feux de détresse, ils m'étourdissent que j'en ai le vertige. Ils m'éblouissent d'une autre dimension.

365 jours multipliés par cinq de ma vie en plein vol, je plane dans les sphères des illusions amoureuses, je m'envole aux confins des mensonges des hommes pour mettre le cap sur l'île aux vérités.

365 jours multipliés par cinq d'espoir et d'inconscience jusqu'à l'agonie. La chute vertigineuse, la défaite, l'échec sentimental, la folie dans la peau et l'amour dans la tête ; le fiasco et la peur de ne pouvoir survivre !

Je me réveille enfin, j'ai cent, j'ai mille ans ! Condamnée à vie, condamnée à l'amour à perpétuité.

Ça y est ! J'ai recouvré la vue ! La vie m'a rattrapée et mes quinze ans sont loin… Une vraie utopie, une folle toupie qui s'arrête brusquement et tombe en zigzaguant comme un insecte fou. Je souffre donc je vis ! J'aurai voulu mourir.

Je remets le compteur à zéro. L'espoir est mort ce soir. Il se marie ! Avec une autre… Mon adolescence à fleur de rêve s'est éclipsé, masquée par mes cris et mes pleurs.

Je suffoque, je délire, j'ai perdu jusqu'au pire, le meilleur n'a duré que ce que dure les roses… Je ne suis plus qu'un fantôme de femme, l'âme brûlée, en miettes, éparpillée. Une femme amoureuse, malheureuse mais qui aura vécu son grand chagrin d'amour. Il se marie demain… avec une autre ! Ca vient de mettre un point à ce triste roman. J'avais cinquante quinze ans, il était mon idole. Je vois clair à présent mais mon cœur s'est éteint. Mes yeux ne brillent plus et l'étincelle ardente qui scintillait intense a disparu. Ma voix tremble, mon regard est lointain. Il fixe un ailleurs et même un au-delà… Il cherche la lumière qui a rejoint le temps dans sa course infinie. Je suis tombée par terre, le cœur dans la poussière… Comme un oiseau malade, une vieille colombe qui a perdu la paix !

* * *

C'est le 26 mai, le mois de ma naissance et de ma renaissance. Le printemps de ma vie est mort. Il ne reviendra plus avec ses pulsions, ses crises d'identité et ses folles ambitions. Je reprends mon vol plané sans faire de prouesses pour ne plus atterrir brutalement, pour ne plus me briser les ailes aux vents de folie.

Je viens de devenir adulte, enfin ! La souffrance, ça donne un coup de vieux. Je passe dans la catégorie des désabusés, des gens qui sourient avec les yeux parce qu'ils n'ont plus la force ni l'envie de rire à plein gosier. Ils n'osent même plus sourire, ça risquerait de fausser la vision réaliste qu'ils ont à présent du monde.

Le sourire pourrait être le point de départ d'une autre aventure à laquelle ils ne pensent plus avoir droit.

Pour ne pas m'effondrer en leurres, m'écrouler en pleurs, j'avance le cœur en berne, le regard vide. J'ai tant broyé de rêves et bu de flots de larmes. Cinq années de ma vie pour rien, rien que des petits riens, des graines de chagrin.

Depuis, je marche sans but, déambulant dans les rues en ressassant toutes les erreurs que j'ai commises dans ma quête inconsciente au bonheur et à l'amour.

Dans une boutique, j'ai flashé sur un joli bouquet de muguet au milieu d'une carte aux couleurs printanières. Je l'ai achetée et suis allée dans un bistrot pour rédiger ces quelques mots : « Tous mes vœux de bonheur vous accompagnent, félicitations ». Puis je l'ai postée, elle est partie avec mes illusions !

J'étouffais mes sanglots, ma rancœur et ma peine. Il m'est impossible de décrire la souffrance morale que j'éprouvais alors. Comme si j'étais la douleur personnifiée, une boule de misère, une forêt de saules pleureurs, un cauchemar ambulant. J'aurais voulu sortir de moi-même tant je me faisais peur !

Je souffrais tant, que mettre fin à mes jours ne me venait même plus à l'idée. Je voulais vivre cette souffrance pleinement, totalement. La mort me semblait trop douce pour calmer l'horreur qui traversait mon esprit torturé. Je voulais que ça s'arrête, c'est vrai mais paradoxalement, je me délectais de ces supplices comme si dans cette jouissance, j'allais trouver l'évasion. Quelles drôles de pensées ambiguës obscurcissaient mon cerveau, atrophié par cette terrible maladie d'amour qui vous ronge, qui vous mine, qui vous annule ! « Je suis malade, complètement malade… » Quelle beauté de réalisme dans cette chanson ! Comme l'auteur a du souffrir en l'enfantant. « L'amour, c'est comme un jour d'une infinie caresse, d'une infinie tendresse, d'un infini sourire… L'amour, c'est comme un jour, ça s'en va, mon amour… » Encore et toujours l'amour comme le chantait le grand Aznavour.

Je ne serais donc pas seule à subir ces atrocités mentales ? On a du mal à penser que sa propre souffrance puisse être égalée tant elle atteint des sommets culminants, des pics où la douleur est à son paroxysme. On en arrive à se demander s'il y a des limites à la souffrance humaine quand elle touche à l'âme.

Je pensais pourtant avoir trouvé le chemin du bonheur en découvrant ce merveilleux sentiment d'aimer. Unique et incomparable mouvement de l'esprit, inexplicable magie universelle. Une extraordinaire information qui transmet son extraordinaire énergie, son inaltérable pouvoir à travers tout votre être, pour l'envelopper de cette aura divine et diabolique à la fois.

Pourquoi n'ai-je pas le droit d'aimer et d'être aimée tout simplement comme tout le monde ? Serait-ce trop demander à la vie ? Ai-je reçu d'autres grâces pour que celles-ci me soient refusées ? Ou bien suis-je trop exigeante quant à la qualité de l'amour que je ne conçois qu'idéal et absolu ? Suis-je écartée de ce monde où les hommes et les femmes se rencontrent, se sourient, s'aiment, se marient, ont des enfants, divorcent, aiment à nouveau et recommencent… ? Comme si c'était naturel que l'amour meure, ressuscite et que les cœurs s'enflamment sous l'influence d'un nouvel enchantement, qui s'installe au cœur d'un amour naissant comme si c'était encore, une première fois ?

* * *

Le lien d'amour qui unit Geneviève à cet homme, bien qu'il aime ailleurs, elle ne veut pas le rompre. Elle l'entretient, le maintient, elle s'en nourrit.

Même altéré, entretenir ce lien, pour elle, c'est vouloir que la mémoire du cœur et de l'esprit soit éternelle. Les sentiments d'amour ou d'amitié amoureuse peuvent être inaltérables même face au temps qui cherche inexorablement à les effacer. Il tente de les atténuer jusqu'au souvenir de l'émotion que le corps oublie mais que l'esprit recrée.

Rompre ce lien, c'est la négation d'une continuité dans l'amour, relative au fait même d'exister. A l'instar du cordon ombilical qui lie la mère à l'enfant, le lien qui unit l'amant à l'amante, l'épouse à son conjoint, l'ami à l'ami, quand il faut le couper, ça fait toujours mal. Sans le sectionner avec les dents, dans la rage ou dans la colère, on peut le faire en douceur, sans renier les sentiments qui ont fait naître et vivre cette union.

Que ce soit une relation amoureuse, intellectuelle, amicale, même conflictuelle, la briser définitivement serait la négation pure et simple de son existence. Ce serait le constat d'une superficialité des émotions, de la fugacité, de l'inconsistance des relations affectives. La déception amère d'admettre, que rien n'est vraiment profond ni sincère que sur l'instant.

Cette notion d'amour diminue en force, en vivacité et s'évapore comme tout le reste. C'est sans doute ce qui donne au présent sa vraie valeur, au passé, un intérêt relatif à la hiérarchie de ces valeurs, comme si on regardait des images sans le son. Seul l'avenir règne en maître, bien qu'inconnu, parce qu'il nie à travers l'oubli partiel des choses. L'existence des faits dépourvus des émotions que le temps a anéanties dans sa fatalité.

Certains liens gardent cependant leur intensité intacte quand ils deviennent indispensables à l'équilibre psychique, presque physique entre deux êtres. Ceux-là refusent de permettre au temps de les briser. Ils préfèrent garder le souvenir vivant, riche en sensations, en sentiments qui remontent à la surface dès qu'il est évoqué. Cette volonté de stocker les sentiments tient de la psychose. Je maintiens pourtant qu'il est des liens que l'on ne peut détruire, sinon chacun se renierait soi-même et ce serait la preuve irréfutable que rien ne résiste au temps ! Les émotions, les sentiments sont à notre image. De la naissance à la mort, ils évoluent, se transforment mais ils existent et entrent en souvenirs dans la mémoire du temps. Ils prennent une autre forme mais ne sauraient mourir.

A chaque époque de notre vie, à chaque évolution de l'être, on change de peau, on avance, on se fractionne, on se prolonge. Cela me fait penser à cette silhouette humaine que l'on découpe dans du papier journal et qui se déploie en chaîne, en un chapelet de petits bonshommes qui se tiennent par la main. Des clones de papier qui forment une ronde, une image symbolique de solidarité.

L'amour, comme toute chose, varie, fluctue, s'intensifie ou diminue. Il prend différents aspects, mais rien ni personne, ni même la flèche du temps n'en viendra à bout. C'est comme un chien qui se mord la queue. Geneviève ne veut pas quitter le navire bien qu'elle sache qu'il prend l'eau !

Elle se bat au milieu d'une tempête de réflexions, une marée noire qui envahit son âme. C'est une malheureuse victime perdue dans le labyrinthe inextricable des questions sans réponse. Elle erre dans la perplexité et la complexité des émotions. Elle est prisonnière de l'effervescence de ses sensations, en proie aux graves interrogations sur l'engagement des cœurs et des volontés.

La fragilité des êtres est grande ! Pour Alex, l'explosion d'amour fut fulgurante, quasiment mortelle. Pour elle, c'est un feu continu à la flamme éternelle…

Chapitre 31
Marianne

Encore une fois, c'est dans le rêve que Geneviève a trouvé refuge. Il ne lui reste aucun espoir. L'homme de sa vie est marié à Madame « Haut-Débit », ou « Ordine » ou bien encore « Joëline » le prénom d'une jeune fille malgache, rencontrée au hasard de ces promenades, où l'on communique avec les gens pour ne pas se perdre dans une solitude déprimante. Elle connaît maintenant le vrai prénom de sa rivale, de celle qui a la chance de vivre aux côtés d'Alex. Elle s'appelle Marianne ! Eh oui, il était amoureux d'une Sainte et il épouse la République ! Le Général ne se targue t-il pas d'être laïque et républicain ? C'est un passionné d'histoire.

Tout l'intéresse : le destin de la France, la politique mondiale, la vie de sa ville, l'avenir de sa famille. Que vient donc faire dans tous ces pôles d'attraction le devenir de la pauvre petite Geneviève ? Elle qui n'a rien compris et ne comprendra jamais ce que se passe dans le cœur de l'homme qui l'a tant fait souffrir.

Ne pouvant vaincre la fatalité, elle a repensé son roman d'amour.

Elle a modifié le scénario en inventant tout éveillée cette dédicace qui eut vraiment lieu ensuite, quelques temps après cette affreuse nouvelle. Le rêve a fait le reste mais l'écrivaine au cœur blessé n'est-elle pas encore en train d'écrire cet interminable roman ? Si elle noircit autant de pages que de larmes versées, il va lui falloir une tonne de feuilles blanches pour ce conte à l'eau de rose.

Des choses troublantes, des similitudes inquiétantes se sont révélées au cours de cette signature comme si la réalité s'inspirait du rêve. Mis à part l'étrange commando, bien venu pour cette « Fin » heureuse. Il est des choses qui ne s'expliquent pas. C'est presque du domaine du paranormal.

Les mêmes regards, les mêmes gestes, les mêmes situations s'étaient reproduites. Les sentiments de l'un pour l'autre n'étaient pas morts. Rien ne pouvait prédire pourtant après ces cinq ans de silence, ponctuées de quelques rencontres par-ci, par-là, que le destin allait les mettre en présence. Le rêve de Geneviève allait s'inscrire en partie au calendrier du réel.

Elle avait tout inventé, imaginé mais elle était très loin de penser qu'ils allaient se revoir dans ces conditions alors que rien ne le laissait prévoir. Pour que son esprit ne vire pas à la folie, elle a trouvé cette solution de peindre le tableau noir de sa réalité en lui donnant les couleurs d'un songe merveilleux. Au cœur du rêve de son rêve, ses personnages sont venus réveiller sa conscience en lui criant qu'elle était sur la pente et qu'il ne faudrait pas grand-chose pour que sa raison bascule.

Elle ne pouvait plus supporter l'idée qu'elle ne vivrait jamais cette idylle. Quand on est orphelin, on s'invente une famille, quand on est en enfer, on crée un paradis !

Il n'était pas seul ce jour là, Marianne était là ! Omniprésente, elle s'en est allée un moment, peut-être, pour les laisser en tête-à-tête. Un petit cadeau de la gagnante à la perdante… Parfois qui perd gagne ! Et le jeu n'est pas fini… Mais… Marianne, perdue dans la tourmente et la révolution des sentiments en dérive, a-t-elle vraiment existé dans le cœur et la vie d'Alex ? Le jeu est dangereux mais l'enjeu vaut toutes les peines…

Geneviève a des trésors d'imagination et l'énergie du désespoir. Une surprise attend Alex Debussy… La dernière avant qu'elle ne lui tire sa révérence, avant l'adieu aux larmes !

Chapitre 32
« L'adieu aux larmes »

Dans le bourg de Saint-Eticnne de Montluc, le clocher carré de l'église est la première chose que l'on remarque. Il s'élève au cœur de la ville joliment fleurie.

La départementale 17 surnommée « la Route du Milieu » traverse la commune d'est en ouest et mène à Nantes, la capitale de la Loire Atlantique.

La commune existe depuis quatre mille ans. C'est aux Celtes sans doute que Saint-Etienne doit son nom de Montluc.

Les Stéphanois sont très fiers de la devise qui figure sur la couronne murale à trois tours : « Necque Terrent Monstra » La signification de ce blason est celui de la « fidélité bretonne alliée à la fierté stéphanoise et à la volonté d'entreprendre ».

C'est dans la chapelle de Saint-Etienne de Montluc que la Gendarmerie célèbre en cette fin novembre la Sainte Geneviève, la patronne des gendarmes et de Paris. A cette occasion et comme chaque année, les gendarmes, très sensibles à cet événement, sont mobilisés pour honorer leur patronne, montrant une solidarité institutionnelle et un véritable esprit de corps. C'est avec ferveur qu'ils célèbrent ce jour là. C'est en quelque sorte une grande fête de famille.

Le Général commandant la Région des Pays de la Loire invite à cette cérémonie les personnalités officielles locales des cinq départements concernés ainsi que des hôtes prestigieux et autres galonnés de la Gendarmerie, de la police et des pompiers

Parmi les invités de marque, Monsieur le Général Alex Debussy et son épouse ainsi que d'autres généraux retraités ou en visite officielle dans la région sont attendus.

La petite chapelle a mis ses habits de fête. Dans le fond à droite en entrant, une crèche offre sa magie. Les petites bougies allumées réchauffent l'enfant Jésus qui nous rappelle que Noël se prépare et que l'année 2007 n'est plus très loin.

A l'issue de la messe, dans un silence religieux, une voix s'élève comme si elle sortait des lèvres de Sainte Geneviève, la statue en bois que se trouve juste au-dessus du cœur de la Chapelle.

Invisible, quelque part près des grandes orgues, une femme à la voix claire récite d'une façon particulière la prière du gendarme avec une conviction étonnante qui intrigue et enchante l'auditoire.

Cette cérémonie religieuse mais avant tout traditionnelle ne s'adresse pas seulement aux croyants mais aussi aux laïques puisqu'elle est le symbole des valeurs universelles. Elle prône l'entente et la communion entre le peuple et ses gardiens, les soldats de la loi, du droit et du devoir.

Un incontournable moment de recueillement en hommage à cette sainte femme qui fit preuve de courage et de dévouement.

Puis la voix s'envole, lyrique, sous les accords liturgiques de la musique qui force l'admiration des invités, pris par les intonations captivantes, chargées d'une émotion peu commune. A croire que la sirène qui interprète cette célèbre prière possède la grâce divine.

Alex Debussy est au premier rang en grande tenue de Général.

Ses médailles ornent sa poitrine et la femme qui est à son bras en est bien plus fière que lui-même qui n'attache qu'une importance relative à ces décorations superflues. Pour lui, seuls les faits comptent et la satisfaction des missions accomplies. Il a d'autres valeurs ! Cette femme est la personne qu'il aime et qu'il respecte le plus au monde. Une dame qui l'aime en retour, inconditionnellement, sans contrepartie, sans égoïsme et qui le soutient depuis toujours dans toutes les épreuves de l'existence, dans la joie ou dans la peine. La femme qui lui a donné la vie : Sa mère !

Madame Debussy mère l'accompagne en effet, elle lui tient le bras, il lui prend la main. Elle n'est plus très jeune et sa vue baisse terriblement depuis quelques temps. Elle a du mal à se diriger sans risquer de tomber.

— Alex ! Je reconnais cette voix pure et claire comme une source vive. Je l'ai déjà entendu. J'ai parlé à cette personne, un jour mais… Elle chante aussi, ça je ne le savais pas. Tu sais, depuis que mes yeux me lâchent, mon ouïe se développe et j'ai la mémoire des sons. « La fonction crée l'organe » dit-on et c'est vrai ! Ça y est, je sais qui elle est ! Toi aussi, mon garçon, n'est-ce pas ? C'est cette écrivaine, celle dont tu étais très amoureux, je me trompe ?

Alex restait silencieux. Il était tétanisé par cette voix qu'il avait bien sûr reconnue dès les premiers mots, dès la première note.

— Oui maman, tu as raison, c'est elle, c'est Geneviève !

— Mais comment a-t-elle fait pour en arriver là, s'étonna t-il.

— Lui as-tu dit pour Marianne ? Sait-elle que la pauvre femme est morte, victime de cette atroce maladie qu'est l'alcoolisme ?

— Elle pense qu'elle est toujours en vie ? C'est ça ?

— Sans doute, répondit-il, c'est peut-être pour cela qu'elle a monté ce stratagème. C'est son cadeau d'adieu ! Elle ne sait pas que je suis veuf. Il y a si peu de temps que Marianne a disparu…

Geneviève, elle aussi a disparu dans la foule qui sortait de l'église, chacun regagnant sa voiture pour se rendre dans la grande salle prévue pour la suite des festivités. C'est en s'éloignant de la chapelle qu'Alex et sa mère eurent cet aparté.

— Il faut que je lui parle. Comme elle doit être malheureuse ! Je le sens. J'aurai dû la prévenir, je pensais qu'elle m'avait oublié et qu'enfin elle s'était retrouvée. Moi, je n'ai pu trouver la paix ! Si je l'ai abandonné, c'était pour ne pas l'emprisonner, pour qu'elle s'exprime librement à travers son art, sans entrave, sans contrainte, en toute sérénité. C'est un si bel oiseau qu'on n'a pas le droit de mettre en cage… !

Tout le monde était sorti de l'église mais près de la crèche, assise sur un banc, Geneviève priait… Il n'est pas besoin de croire pour prier, c'est un geste instinctif !

Elle avait vu du haut de son piédestal que la femme aux côtés d'Alex n'était pas son épouse mais sa maman. Elle ne savait plus quoi penser. Alors elle est revenue dans la chapelle s'asseoir près de Jésus comme pour lui dire qu'elle aussi avait fait son chemin de croix. Bien que sa foi ne soit pas religieuse, elle ne peut s'empêcher d'entrevoir une lueur d'espoir. Alex est seul. Pourquoi ?

Que s'est-il passé ? Comme il doit être malheureux !

Elle pleure doucement, en silence, elle regarde la crèche une dernière fois et sort lentement de l'église au clocher carré pour rejoindre les autres invités.

La surprise fut grande pour tous sauf pour l'aumônier de la Gendarmerie qui lui seul était au courant de cette intervention très remarquée et appréciée.

Devant les autorités et en présence de sa mère, Alex fut très discret mais il compte bien expliquer à Geneviève toute l'histoire dès que l'occasion se présentera. Il lui racontera avec force détails la pénible épreuve qu'il a subie avant le suicide de son épouse qu'il n'a pas pu sauver de son vice.

Eh oui, la réalité rejoint la fiction. Comment Geneviève pouvait-elle imaginer le calvaire de l'homme qui l'a laissé pour cette Marianne, la perle des perles. En définitive, une misérable, une âme brûlée de plus. Comment pouvait-elle savoir qu'Alex a tout essayé pour la sortir de ce puits sans fond où elle s'est noyée. Ni lui ni personne n'a pu l'aider à hisser les voiles de son pauvre bateau ivre. Il souhaitait qu'elle mette le cap sur une victoire intérieure et s'enivre au vent du large, plutôt que de se réfugier dans les vapeurs de l'alcool. Il a tout tenté pour qu'elle vogue vers d'autres horizons sur le voilier de sa renaissance. Son nouveau roman s'inspire de cette sordide aventure : « De l'ivresse à l'ivresse ».

Alex vit s'éloigner Geneviève au milieu de la foule. Il aurait voulu la rejoindre sur l'instant mais la bienséance l'en empêcha. Il du prendre sur lui-même et attendre... Mais son cœur lui criait déjà « Geneviève, je t'aime encore et malgré tout ! »

Madame Debussy mère n'a pas attendu que son Général de fils rencontre mademoiselle Lafarbe. Elle lui téléphona pour lui expliquer la situation. Il y a longtemps qu'elle voulait lui parler mais Alex l'orgueilleux le lui défendait. Maintenant Geneviève connaît la vérité. Il ne lui reste plus qu'à comprendre et peut-être... pardonner ?

Chapitre 33
Le sourire d'un ange

Un texto arriva sur le portable de Geneviève. Depuis combien de temps n'a-t-elle pas lu un message d'Alex ? Le dernier remonte à l'année dernière. Elle relit les premiers parfois, les plus beaux. Elle les a tous gardés dans la puce mémoire de son mobile, la puce à l'oreille du cœur, le secret de son âme !

C'est incroyable ce que cette musique prend d'importance à cette oreille dressée à l'écoute du morceau qu'elle a choisi pour signaler ses messages : « Rêve d'Amour » de Debussy, bien sûr !

« Peux-tu venir au Pierrot à 16 heures, j'aimerais te voir, j'ai besoin de te parler. Je t'embrasse. Alex. »

Ils se retrouvèrent ce 28 décembre au Pierrot, le point de rendez-vous de presque tous les Sablais, à un moment ou à un autre, au moins une fois dans leur vie. Affaire, amour, amitié, contact, mariage, divorce, naissance, décès ?

Pierrot a vu défilé le « Tout Les Sables » autour de ses tables, face à la mer, l'océan et la plage pour témoins.

Là, ils se confièrent l'un à l'autre. Les mots se précipitaient dans leur bouche, ils fusaient, éclataient comme des ballons gonflés à bloc. Ils faisaient de grands gestes pour éviter peut-être que leurs mains ne se joignent déjà et que se soudent leurs lèvres pour n'écouter que le silence.

Il lui fit le récit de sa triste réalité, elle lui conta son incroyable rêve. « L'amitié, c'est l'amour qui a perdu ses ailes », encore cette citation de Lord Byron qui se discute mais les ailes n'ont-elles pas repoussé encore plus belles en plumes de tendresse ?

« L'amour est beau et le beau est la splendeur du vrai ». Une autre citation qui symbolise si bien ce merveilleux sentiment.

— Avec mes larmes de chagrin, j'aurais pu faire un lac amer, avec mes larmes de joie, je t'offrirai un océan, lui dit-elle en retrouvant son sourire rayonnant de bonheur…

Six mois plus tard…

Sur la petite place, en plein cœur de la ville des Sables d'Olonne, les gens se pressent, les enfants jouent autour de la fontaine. Il fait très chaud ce 28 juin 2007, une chaleur caniculaire…

Geneviève Lafarbe et Alex Debussy, mariés depuis peu dédicaceront ensemble aujourd'hui, leurs derniers romans.

Geneviève présente son œuvre, « L'Amour en otage », Alex, sa saga aux parfums d'océan, « De l'ivresse à l'ivresse ». Les deux écrivains signeront leurs livres de dix à treize heures à la Librairie Centrale, Carrefour du Centre.

Ils sont installés juste en face du Café la Fontaine. A la terrasse, Geneviève aperçoit une petite fille qui sirote son diabolo fraise. L'enfant plonge sa paille jusqu'au fond de son verre en aspirant très fort, ce qui provoque un bruit bizarre et agaçant qui dérange les touristes déjà présents en ce début d'été qui sent bon les vacances.

L'écrivaine reste comme figée d'étonnement.

— Qu'as-tu ? lui demande Alex. Tu as vu un fantôme ?

— Oui, c'est ça ! Regarde, là-bas, à la terrasse du café, c'est la petite fille de mon rêve ! A ses pieds, un magnifique berger allemand qui ressemble étrangement à Gendy semble veiller sur elle. Il porte à son cou une étrange médaille ?

— C'est Bac Junior ! C'est lui, je te jure !

— Les hasards sont grands, ma chérie ! C'est une coïncidence !

— J'ai l'impression de rêver encore, lui dit-elle, toute pâle d'émotion.

— Non, tu ne rêves pas, mon amour, tu vis ! Parfois la vie ressemble à un rêve…

A cet instant, la petite fille leva la tête et leur sourit. Un merveilleux sourire… *Le sourire d'un ange* ! De leur ange gardien.

Alex se pencha alors vers Geneviève, il lui prit la main et l'attira contre lui… Ils s'embrassèrent devant tout le monde, au grand jour, dans la lumière !

De l'autre côté, à la terrasse du Café la Fontaine, la petite fille et son chien avaient disparu !

FIN

Epilogue

Un beau camélia rouge au milieu du jardin
C'est l'hiver, rien ne bouge, Janvier touche à sa fin
La fleur semble très fière d'être cueillie ce jour,
Elle se dresse altière en hommage à l'amour.

Elle offre sa corolle, sa beauté faite fleur,
Elle est le doux symbole d'un fragile bonheur,
Elle va sceller l'union de deux êtres qui s'aiment,
Témoin d'une passion qu'un vent d'amour essaime.

La belle dame attend le cœur au bord de l'âme,
Que son prince charmant lui déclare sa flamme,
Et au petit matin, le camélia s'éveille,
Dans un vase d'étain, sous un faible soleil.

Les jours et les nuits passent alors qu'il s'étiole,
De langueur et d'ennui se fane sa corolle,
Mais un autre matin, à peine il s'éveilla,
Qu'une rose carmin près du beau camélia,

Exhibait sa nature en pourpre et en velours,
Il renaît à mesure qu'elle embaume alentour,
Il tomba amoureux de cette jolie rose,
Et oublia un peu que finissent les choses !

Table des matières

Achevé d'imprimer en France
Protection IDDN